無垢なる花嫁は二度結ばれる

火崎 勇

white heart

講談社X文庫

目次

イラストレーション／池上紗京

無垢なる花嫁は二度結ばれる

ミリアお姉様と二人でお部屋へ呼び出された時、叔父様《おじ》がいつもより上機嫌だったので、何となく嫌な予感はした。

叔父様に対して、叔母様が不機嫌そうだったのも、更にその予感を強めた。

「ミリア、エレイン。今日はお前達に特別な話がある」

私とお姉様が椅子《いす》に座るやいなや、叔父様は口を開いた。

「実は、義兄上《あにうえ》のご友人のマール伯爵から、いいお話があってな」

叔父様が『義兄上』と呼ぶのは私達のお父様のことだ。叔父様は、お母様の妹である叔母《おば》様の夫だから。

「お前達に、縁談だ」

「縁談？」

私とお姉様は口を揃《そろ》えて聞き返した。

「ああ、そうだ。お前達を嫁に出すのは金銭的になかなか難しいと思っていたが、これで一人は嫁に出してやれる。義兄上ご夫妻も、天上で胸を撫《な》でおろしているだろう」

「でも、あの……。一体どなたとの縁組みなのでしょう？」

ミリアお姉様が尋ねると、叔父様はにこりと笑って身を乗り出した。

こんなに嬉《うれ》しそうな叔父様は見たことがない。

「何と、侯爵様だ」

「侯爵様？　どうして我が家に侯爵様との縁談が……」

お姉様の疑問は私の疑問でもあった。

我がウォーカー伯爵家は、由緒正しい家柄ではあるが、今は羽振《はぶ》りも悪く、侯爵様が縁を結びたいという状態ではないのだ。

「お前達の疑問はわかる。私も話を伺った時には何故《なぜ》と思ったものだ。だがお相手のシュローダー侯爵に事情があって、なるべく早くに結婚したいらしい。だがいくら急ぐとはいえ、どこの娘でもいいというものではない。そこで我がウォーカー伯爵家の娘なら、とマール伯爵はお考えになったようだ」

叔父様は自慢げに『我が』と言ったけれど、厳密には叔父様はウォーカー伯爵家のお血筋ではない。

もちろん、叔母様も。

お父様が亡《な》くなった後、我が家に男子がいなかったので、お母様の妹夫婦である叔父様達が跡を継いだのだ。

叔父様はご実家の伯爵家では次男で、爵位を継ぐことはできなかったから、渡りに船ということだったのだろう。

「マール伯爵は人格もご立派で、厳格な方だ。堅物で、私とはソリが合わなかったが……。友人だった義兄上亡き後、お前達のことも考えてくださっていたのだろう。ありがたいことだ」

「でもあの……、叔父様。先程叔父様がおっしゃったように、我が家には侯爵家に嫁ぐような備えはないのでは？」

「うむ。だが今回はあちらの事情で結婚を急ぐから、持参金どころかあちらから支度金を出してくださるというのだ」

なるほど、それで叔父様はにこにこなのね。

「相手は侯爵家、こちらから断ることはできん。ありがたくお受けさせていただこう」

「本当に、うちに娘がいたらお前達に回したくないくらい、いい話だわ」

叔母様は悔しそうにポツリと零《こぼ》した。

侯爵様がウォーカー伯爵家の血筋をお望みなら、叔母様の娘は対象にならないのでは、という疑問は口に出さなかった。

「それで？　お前達のどちらがお話を受けるのだ？　年の順からいえばミリアだが」

叔父様の視線がお姉様に向いたので、私は手を挙げた。

「私が参りますわ」

「エレイン？　お前が？」

「ウォーカー伯爵家の娘ならどちらでもよろしいのでしょう？　でしたら私でもよろしいのでは？」

「うむ……、それはそうだが。姉であるミリアを優先させるべきではないか？　エレインはまだ子供だろう」

「だからですわ」

訝《いぶか》しがる叔父様に、私は微笑《ほほえ》んだ。

「私はまだ子供っぽいですし、お姉様の方がご立派な女性です。ですから、お姉様ならば引く手数多《あまた》で、お相手もすぐに見つかるでしょう。それなら片付くのが難しい私を先に出してしまった方がよろしいのでは？」

私は更に続けた。

「もしも私が本当に侯爵様とご結婚できたなら、私から侯爵様にお姉様のお相手を紹介してくださるようにお願いできるかもしれません。その時には持参金が必要になるかもしれませんが、今回の支度金の半分をお姉様用にとっておけば、問題もないでしょう。侯爵家と縁続きになるのなら、きっといいお相手が現れて、ウォーカー伯爵家も安泰というものですわ」

叔父様は少し考えるように黙り、隣に座る叔母様を見た。

叔母様は難しい顔をしながら、私達を見てから言った。

「エレインの考えは悪くはないわね。私としても、亡くなったお姉様の遺子であるあなた達をきちんと嫁がせたいと思っていますし。でもそれはエレインの考えでしょう？　ミリアにも考えがあるかもしれないわ。どちらがお話を受けるか、明日の朝までにあなた達二人で考えて答えを出しなさい」

それを聞くと、お姉様はすっと立ち上がった。

「そうしますわ。エレイン、いらっしゃい。私のお部屋でお話ししましょう」

「はい」

お部屋を出る時、叔母様が小さく呟《つぶや》いた声が聞こえた。

「おとなしい顔をして、姉を差し置いて縁談を横取りするなんて。姉妹で争うことにならなければいいけど」

それが私のことを言っているのだというのはわかっていたが、聞こえないフリをしてお姉様についてお部屋へ向かう。

廊下では、言葉を交わすことはなかったが、お姉様の部屋に入り、扉を閉めて二人きりになると、お姉様はくるりと振り向いて声を上げた。

「どういうつもりなの、エレイン」

私と同じ青い瞳《ひとみ》には、怒りが浮かんでいる。

「どういうって……」

「叔父様の持ってきた縁談を受けるなんて、どういうつもりかと訊《き》いてるのよ。誰でもいいから結婚だなんて、お相手に問題があるに決まってるわ。きっとガマガエルのような老人よ」

普段はおとなしいお姉様がこんなに怒っているのは、私が良縁を奪ったからではないのはわかっていた。

今の言葉でわかるように、私のためだ。

私が変な人に無理やり嫁がされることを心配してくださるのだ。

「でもお姉様、侯爵様よ？」

「侯爵だって、王様だって、相手の絵姿さえ見ずに結婚を決めるなんて、ロクなお相手じゃないわ」

「そうじゃないわ、お姉様。マール伯爵のご紹介で、お相手は侯爵様、断ることのできるお話だと思って？」

「それは……」

「叔父様もおっしゃっていたけれど、順番からいえばお姉様にお話が決まってしまうわ。そうしたくなければ私が手を挙げるしかないでしょう？」

お姉様はさっきまでの勢いをなくし、額を押さえながら椅子に腰を下ろした。

妹の私から見ても、憂う顔もお美しい。

姉妹なのに、随分《ずいぶん》と違うわ。

同じ金色の髪、青い瞳なのだけれど、真っすぐな髪のお姉様はおとなしやかな美人で、巻き毛の私はいつまでも子供っぽさが抜けない。

「あなたにヨセフとのことを話すのじゃなかったわ……」

お姉様は後悔するように呟いた。

「そんなことおっしゃらないで。私は教えていただいてとても嬉しかったわ。心から祝福します」

その隣に座りながら、そっとお姉様の手に手を重ねる。

ヨセフ、というのはこの家で働いている召《め》し使《つか》いの一人だ。

背が高くて、頭がよくて、ちょっと厳しいけれど優しい……、お姉様の恋人。

一週間前、お姉様はそのことを私にこっそりと教えてくれた。

伯爵令嬢とその家の召し使い。

ただでさえ許されるはずのない恋だけれど、今のこの家では知られればすぐにヨセフは家を出されてしまうだろう。

だって、叔父様達が以前私達を爵位などなくてもいいから、とにかく金持ちの家に嫁がせてしまおうと相談しているのを聞いてしまったから。

このままここにいれば、いつかお金のために結婚させられる。

だから、お姉様とヨセフはこの家を出ることを計画していた。

おとなしいお姉様にしては大胆な計画だけれど、それしか道はないのだろう。

ただ私一人を残してはいけないから、今まで実行に移せなかったらしい。けれど叔父様が本格的にお姉様のお相手を探し始めたと聞いて、もう後がなくなってしまった。

そこで、もしよかったら自分達と一緒に来ないか、と私に話してくださったのだ。

正統なるウォーカー伯爵家の娘二人が、どうして家を出なければならないのか？

それはお姉様の許されない恋のことだけではない。

私達の両親が亡くなり、伯爵家に男子がおらず、お父様のご兄弟もいらっしゃらなかったので、お母様の妹である叔母様夫妻が跡継ぎとしてこの家にいらっしゃったからだ。

私達のひい御祖父様は、王子様だった。

けれど、三男で、王位を継ぐことは叶《かな》わず、侯爵の地位をもらって王家を出られた。

御祖父様はその侯爵家の次男で、こちらもまた爵位が継げないからと、当時男子のいなかったウォーカー伯爵家に婿入りなさった。

ウォーカー伯爵家は、その昔戦争があった時に、王の命を守ったことで爵位をもらった由緒正しき家だったので、伯爵といえども侯爵の息子が婿入りして恥ずかしくない家柄だったのだ。

そして王の孫で侯爵の息子として育った御祖父様は、大層な浪費家だった。

御祖父様のせいで、伯爵家の暮らし向きは少し傾いてしまったが、跡を継いだお父様はとても堅実な方だった。

ご自分で領地の見回りに出たり、親しく領民達と言葉を交わしたり。私達姉妹にも、領民と触れ合うことを止めなかった。

つつましやかではあっても、不自由など感じたことのない生活。

七年前、領地で起きた大火がなければ、今もその生活が続いていただろう。

お父様は火事の知らせを受け、すぐに現場へ駆けつけた。

お母様も、焼け出された人々に何かできればとご同行なさった。

けれど、その火事は、想像していたよりも酷《ひど》く、田畑や果樹園、人々の家と共に、私達から両親をも奪ってしまった。

領地の大半が火事、その影響を受けて伯爵家の収入は激減した。

そこへいらしたのが叔母様夫妻だ。

叔父様は、伯爵家の次男ではあったけれど、ご長男のご夫婦に男のお子様がいらっしゃらなかったので、叔父様の息子さんが跡継ぎとなるはずだった。

大火の一年前に叔父様のお兄様に男の子が生まれ、叔母様はお母様に、ご自分の息子をウォーカー伯爵家の跡継ぎとして引き取らないか、と相談にいらしていた。

もちろん、お父様達は、お姉様に婿を取って継がせるつもりだったので、そのお話は断った。

ただ、もしもあちらの家に居づらくなるようなら、離れを叔母様ご夫妻の館に改築してあげるから、こちらに移ってきてもいいと誘っていた。

なので、一年後、叔母様達は主《あるじ》のいなくなったこの屋敷《やしき》に家族で移ってきたのだ。

伯爵位を継ぐために。

私達はまだ幼く、お姉様でさえ、婿を取るには早すぎるお年だった。

ゆくゆくは叔母様の息子さんと結婚、という話も出たのだが、それはあちらのお家《うち》の方が従兄弟《いとこ》では血が濃すぎる間柄だと反対なさったらしい。

意気揚々と伯爵家をお継ぎになったのはよいけれど、領地の大半を火事で失った伯爵家は、それまでとは比べ物にならないくらい貧しくなってしまった。

そこで叔母様達は、私とお姉様をお金持ちに嫁がせようと言い出したのだ。

「このまま行けば、お姉様は侯爵様か、見ず知らずのお金だけはある人に嫁がされてしまうわ」

「その前に一緒に家を出ましょう、エレイン」

「侯爵様との縁談が持ち上がった後ですもの、叔父様達は人を使ってでも私達を捜すと思いますわ。だって、マール伯爵やお相手の侯爵様に無礼を働くことになってしまうもの。それに、支度金という大きなお金を失いたくないでしょうしね」

「でもだからと言ってあなたが犠牲になっていいというわけではないわ」

私のために怒ってくださるお姉様の手を取って、私は微笑んだ。

「犠牲だなんて、大袈裟《おおげさ》だわ。貴族の娘はいつか結婚しなくてはならないものですし、大抵は親の決めた、顔も知らない方と結婚するものでしょう？　だとしたら、今回のお話はとてもいい話だと思います」

「エレイン……」

「侯爵家に嫁いでしまえば、叔父様達から何か言われることもないでしょうし、さっき言ったように、お姉様にも縁談を探していただいていると言えば、お姉様の駆け落ちの準備の時間もとれますわ」

お姉様は私の顔を見て、ほうっと息をついた。

「あなたはいつもそう。他人のためにばかり動くのだわ」

「そんなことないわ」

「覚えてる？　まだお母様が生きてらした頃、あなたは特別大切にしていたリボンを私にくれたわ」

「だってあれはお姉様のドレスとよく似合ってたんですもの」

「『私には似合わないからいらないの』って言った言葉を信じて受け取ってしまったけれど、後でメイドからあなたがいつも大切に引きだしの中に入れておいたものだと聞かされて、申し訳なく思ったわ」

「でもお姉様は代わりにレースのハンカチをくださったわ」

「叔母様達がいらして、部屋を移る時も、あなたは今の狭い部屋を選んだ。窓から見える景色が好きだからと言って」

「それは本当のことよ」

「今回も、私のために見知らぬ男に嫁ごうとしてる。私はあなたが心配よ、エレイン。あなたが自分の望みを口にしてくれればいいのに。本当はどうしたいの？　私と一緒に家を出たいのじゃなくて？」

私は静かに首を振った。

「いいえ。私がお嫁に行きたいの。相手が侯爵様なら素敵だし、それでお姉様は私を気にせずヨセフと一緒に家を出て行ける。叔父様達には侯爵様の支度金が入って、生活も少し楽になる。メイド達は私達二人の世話をする仕事が減って楽になる。いいことばかりですもの」

嘘ではないのだ。

本当にそう思っていた。

私は小さくて、何の役にも立たない子供だった。

お父様もお母様も、皆に尊敬されるほどよく働いていたし、お姉様は将来この家を継ぐのだからと小さい頃から色々な勉強をなさってきた。

今だって、あまり親切にはしてくれない叔父様達の矢面《やおもて》に立たされているのはお姉様。

何にもできない私を、みんながとても大事にしてくれた。

だから、自分にできることがあるのなら、何でもしてあげたい。してあげることができれば、それは私の幸福なのだ。

「まだ、お話が整うと決まったわけではありませんけれど、私、いい考えがあるんです。私のことは横に置いて、お姉様とヨセフのことをお話ししましょう」

もしも今回のお相手の方が、あまり好ましくない方だったとしても、その方にも必要とされ、お姉様の役に立てるというだけで、私は満足だった。

本当に。

「お相手のシュローダー侯爵は、君よりは随分と年上の方だ」

今回のお話を紹介してくださったマール伯爵は、話を受けたのが妹の私であることを知って、少し驚いた表情を見せた。

けれど特には何も言わず、私を馬車に乗せ、侯爵様の下へ向かった。

叔父様達も一緒に付いてきたがっていたが、まだ正式に整った婚約ではないからと、マール伯爵は私だけを連れて侯爵邸へと向かった。

生真面目《きまじめ》なマール伯爵は叔父様達のことが嫌いなのよ、とはお姉様の言葉だ。

侯爵邸へ向かう馬車の中で、私は初めて自分の結婚相手になるかもしれない方のことを教えられた。

「もちろん、初婚だ。侯爵には兄上がいらして、その方が爵位を継いでいらしたのだが、不幸なことに先月ご病気で亡くなられてな。急遽《きゅうきょ》弟君であるギルロード様が跡を継がれることになったのだ」

お髭《ひげ》が立派なマール伯爵は、静かな声で話し続けた。

「君も知っての通り、爵位を継げるのは長男のみ、ギルロード様は本来ならば家を出て行かれるはずだった。いや、実際、領地の中の別邸でお暮らしになっていた。だが兄君が急逝なさったので呼び戻されたのだ」

「何をなさっていらしたのですか？」

「よくは知らんが、絵を描いたりしていたらしいな。だが優秀な方なので、兄君の片腕として働いてもいらしたようだ」

絵を描かれるような落ち着いた方なら、きっとお優しいお心の方ね。

随分と年上だというけれど、マール伯爵のようにお髭のある方なのかしら？

「爵位を継ぐとなれば、色々と公式な席へ出なければならない。しかもいい年なので、ご夫妻揃ってというのが望ましいだろう。なので急遽奥方を求めることになったのだ」

マール伯爵は私をじっと見た。

「エレインはまだ年が若いが、教育の方は受けているのだろう？」

「お勉強のことでしたら、お姉様から。その……、今の我が家では家庭教師を二人呼ぶということができなかったので、お姉様がご自分の習ったことを教えてくださいました」

「うむ……。ウォーカー伯爵家の窮状は心得ている。まあ、礼儀作法がしっかりとしていれば、知識などは嫁いでから家庭教師をつけてもらうという手もあろう」

「私に家庭教師をつけてくださるのですか？」

それは嬉しいわ。

「まだわからんが、な。年若の君を、侯爵が気に入るかどうかがわからん」

……そうね。

私は結婚はできる年にはなっているけれど、外見は幼く見えると言われている。何より
マール伯爵はお姉様がいらっしゃると思っていたのでしょう。

「気に入ってくださるといいのだが……」

その心配を口に出して、伯爵は呟かれた。

本当に、気に入ってくださるといいのだけれど。

私がその侯爵様に嫁げれば、全てが上手《うま》くいく。

ここは何としても気に入っていただきたいものだわ。

馬車は進み、伯爵はギルロード様のことをポッポッと喋《しゃべ》り続けた。

若い頃は馬の上手い方だった。

王城にも友人は多く、勉強もおできになった。

兄君が病でお倒れになった時にはすぐに駆けつけ、ずっと面倒を見ていらした。

兄君は結婚していらしたが、お子様がいらっしゃらなかったので、奥様はご実家に戻られてしまった。

なので、今侯爵家に女主人はいない。

侯爵家にいるのは、ギルロード様一人。

けれど大きな屋敷には召し使いが沢山いて、私と年頃の近いメイドもいるだろうから、不安に思うことはないだろう、など。

やがて馬車は街道から街の中へと入った。

馬車から見る街の人々は、皆穏やかな表情をしていて、ここが上手く治められた土地なのだということを教えた。

領主である侯爵が代替わりしても、不安はないのね。

「ほら、あれが侯爵邸だ」

その街を抜けて、並木の続く田畑の向こうを、伯爵は指し示した。

高い生け垣に囲まれた白い広大なお屋敷。

ウォーカー伯爵家も、伯爵としては随分と大きな屋敷だった。だから今、維持にお金がかかって困ると叔父様が零しているのだ。

けれど侯爵の屋敷は、それよりももっと大きかった。

「お城みたいだわ」

「シュローダー侯爵家は、裕福な家だからな。領地も広大だし、先代は城でもお役目を戴《いただ》いていた。もし気に入ってもらえれば、君は優雅な暮らしができるだろう」

馬車は素敵な飾りのついた鉄の門をくぐり、その広大な屋敷の玄関先で停《と》まった。

「降りなさい」

と促され、馬車から降りる。

玄関先には、召し使いが四人、迎えに出ていた。

「いらっしゃいませ、マール伯爵様」

その中の執事らしい老紳士が一歩前へ出て挨拶《あいさつ》をする。

「そちらが例の……」

「ウォーカー伯爵家のエレイン嬢だ」

紹介され、私はドレスの裾《すそ》を摘まんで軽く会釈した。

「初めまして、エレインと申します」

「これは可愛《かわい》らしいお嬢様で。金色の髪も、青い瞳も、とてもお美しい」

微笑んではくれているけれど、執事がお客様に向ける笑顔は礼儀なので、これをして歓迎されていると思うのは早いかもしれない。

さっきからじっとこちらを見ているメイド頭らしい老婦人には笑顔はないし。

「旦那《だんな》様は奥でお待ちでございます。どうぞ、ご案内いたしましょう」

他の召し使い達はそのまま離れてゆき、執事が私達を奥へ導いてゆく。

屋敷は、外観も素晴らしかったが、中も素敵だった。

百合《ゆり》の柄の壁紙、柱も飾りが彫られ、廊下に敷き詰められた落ち着いた赤い絨毯《じゅうたん》にも細かな模様が織り込まれている。

来客のためか、普段からそうしているのか、あちこちに花も活《い》けてある。

清潔で美しい。

召し使い達がよく働いている証拠だわ。

「旦那様、マール伯爵様がいらっしゃいました」

ドアをノックし、声を掛けてから執事が扉を開ける。

さあ、いよいよお相手の方とご対面だわ。

どんなにお年を召した方でも、お髭や皺《しわ》があっても、太ってらしても、背が低くても、その方の妻になれるように頑張るのよ。

「やあ、ギルロード。ご機嫌はいかがかな?」

親しく言葉をかけながらマール伯爵が先に中へ入る。

続いて部屋へ足を踏み入れた私は、室内に恰幅《かっぷく》のよい髭のおじさんを探した。

だが、そこにいたのは皺だらけのおじいさんでも、でっぷりと太った髭のおじさんでもなく、柔らかなブラウンの巻き毛の、素敵な紳士だった。

この方が……、ギルロード様？

「お久しぶりです、マール伯爵」

声も柔らかくて素敵だわ。

落ち着いた雰囲気、まだお兄様を亡くしたばかりだからか、憂いに満ちた整ったお顔。

一目で、私はギルロード様に心を奪われてしまった。

この方になら、望まれたい。

「そちらが……？」

穏やかな緑の瞳が私に向けられる。

「ああ。ウォーカー伯爵家の令嬢、エレイン殿だ」

「初めまして、エレインと申します」

今度は深く頭《こうべ》を垂れて挨拶をする。

でも、ギルロード様は軽く頷《うなず》いただけで私から視線を逸《そ》らせた。

「マール伯爵、大変申し訳ないが、私は彼女と二人きりで話がしたいのです。別室にお茶の用意がしてありますので、暫《しばら》くセバスチャンと話でもしていてください」

「二人きりで？」

マール伯爵は一瞬戸惑ったように彼を見、私を見てからゆっくり頷いた。

「いいだろう。互いに相手を知る時間も必要だろう。では、返事はその後でということでよろしいな？」

「ええ、そのように」

マール伯爵は、私に向き直って続けた。

「ギルロード様は紳士だ。二人きりになっても何も心配することはない。知りたいことや言いたいことは、ちゃんと話をするといい」

「はい」

マール伯爵が執事と共に出て行ってしまうと、ギルロード様と二人きり。他には誰もいない。

私はどうしたらいいかわからず、立ったまま彼の言葉を待った。

だって、男の方と二人きりになんて、なったことがないのだもの。

「座らないのかい？」

「座ってもよろしいのですか？」

「これは失礼した。掛けなさい」

彼が手で椅子を示したので、私はテーブルを挟んだ向かい側の椅子に腰を下ろした。

ここは広いお部屋だけれど、応接室という感じではないわね。

置かれているのは目の前のテーブルと彼の座っている椅子、私の座った椅子と同じ椅子がもう一つ。それに小さな丸テーブルがあるだけ。

彼の、書斎なのかしら？

改めてギルロード様を見ると、柔らかくウエーブのかかった、少し長い前髪から覗《のぞ》く緑の瞳は、深い森のよう。

正面から見ても、とても素敵な方だわ。

私よりずっと年上だと言われていたけれど、とてもそうは見えない。

「思っていたよりも若いお嬢さんだったので、少し驚いたよ。君も、おじさんが相手で驚いたのじゃないか？」

笑うと口元に微《かす》かな筋が出るところが、初めて年齢を感じさせたけれど、老人のような皺ではない。まるでえくぼのようにチャーミングだわ。

「私が子供っぽいのは皆に言われますけれど、もう結婚のできる年だと思っています。それに、ギルロード様は想像していたよりもずっとお若いですし、素敵な方ですわ」

「素敵ねぇ。そう言われるのは嬉しいな。ではエレイン、君はどうしてここに呼ばれたかわかっているかい？」

「はい。結婚のお相手として私がギルロード様がお気に召すかどうかを確かめるために、ですわ」

「少し違うな。私が君をどう思うかは問題ではない。結婚は私の気持ちとは関係がないからね。けれど君には選ぶ権利は与えたい」

「私に、ですか？　ギルロード様にではなく？」

「今言ったように、結婚は私の意思とは関係のないことだ。侯爵位を継ぐのなら、結婚をしなくてはいけない。君でなくとも、誰かとは結婚する。けれど君には、私以外に結婚したい相手がいて、親に言われて……、いや、叔父さんか。叔父さんに言われて無理にここに連れてこられたのかもしれない。それでは可哀想《かわいそう》だから、断るならば私が断ったことにして帰してあげてもいいと思っている」

　まあ、何てお優しい。

　それでマール伯爵に席を外していただいたのだわ。破談になるなら自分が理由だと言うために。

「お心遣い、ありがとうございます。けれど私は無理やり連れてこられたのではありませんわ」

「侯爵と結婚できるならば、喜んで、かな？」

「はい」

実際、相手がギルロード様でなければ『はい』なんて言わなかったでしょう。その……、お姉様が言ってらした『ガマガエル』のような方だったら。

人は見かけではないというけれど、人柄はやはり表に出るものだと思う。

その点でいえば、ギルロード様の落ち着いた雰囲気は、この方が信頼に足る人物だということを表しているのではないかしら。

「私の最初の憂いは消えたな。君がそういう考えの女性で安心した」

そういう考え、とは嫌々来たわけではない、ということかしら？

「では今度は君の覚悟を聞きたい」

「覚悟……、と申しますと？」

「私と離婚したいと言い出したりしないかどうか、だ。後で不満を外に出されては困る。結婚してから、別れるということはできない。シュローダー侯爵家に傷がつく、だそうだ。だから結婚の前に正直な話をしておこう」

彼は私から視線を外し、ふっと力なく笑った。

自分の考えではなく、誰かにそう言われたのね。そしてそれを正しいとは思っていないのだわ。

「幾つか、君の考えている結婚というものとは違うことがあるかもしれない。それを話しておこう。全てを聞いてその結果気持ちが変わったら正直に言いなさい。私が断ったとマール伯爵に言うから」

「……はい」

何かしら。

そこまで言わなければならない大きな秘密があるのかしら？

私は背筋を伸ばして彼の言葉を待った。

「君が思っていたよりも若いお嬢さんだったので、最初にはっきりと言っておこう。私は、君を見初めたわけではない。相手が君でなければならないというわけでもない。だから、愛されて結婚するのだという考えは持たないで欲しい」

「それは存じてます。血筋のよい家の娘をということで相手をお探しだと。ウォーカー伯爵家の娘を選んでくださったのはマール伯爵の推薦だということも」

「それは誰から？」

「叔父から。それにマール伯爵からも。でも貴族の結婚はそういうものだと聞かされております。家同士の繋がりのためのものだ、と」

「全てがそうというわけではないよ。私は……、そこに愛がある方がよいと思う。まあい い。では次に、私は喪中で、大々的に結婚式を挙げることはできない。人々を呼んで君をお披露目することもなければウェディングドレスを着せることもできない。ドレスは欲しければ買ってはあげるが」

「それも心得ています、お兄様がお亡くなりになられたばかりですもの。華やかなことは避けなければなりませんわ」

「パーティなども、遠慮することにしている。今はそんな気分になれないので。もちろん、君一人でそういう席に出すこともできない」

「はい」

「気にならないのかね？」

私はちょっと考えてから答えた。

「私はまだパーティに出席したこともありませんので。今までと変わりませんわ」

「まだ社交界にデビューしていなかったのか？」

「……ええ」

本当はそうではない。

着て行くドレスを二人分用意できないからと、叔母様に言われ、そういう席にはお姉様しか出席できなかったのだ。

けれどそれはあまりに恥ずかしいことだったので、真実は告げなかった。

「憧《あこが》れはあるだろうが、一年は我慢してもらわなければならない。その一方で、侯爵夫人としての務めは果たしてもらいたい」

「侯爵夫人としての務めとは、どのようなものでしょう？」

「私は喪中ではあるが、仕事はある。君を置いて出掛けることもあるだろう。その間、女主人としてこの家を管理するのだが……、それはきっと執事達が手伝ってくれるだろう」

　ギルロード様はそこで大きくため息をついた。

「突然愛情もない見知らぬ年上の男の妻になること、式を挙げることもできず、暫くは公式な席へ同伴することもできないこと、侯爵家の女主人として務めること。これらの条件を聞いた上で、君は私との結婚を望めるかね？　もし受け入れるのならば、ウォーカー伯爵家には君の支度金ということで援助を出そう。伯爵家は今、金銭的に困窮しているようだね？」

　事実を告げるその言葉に、私は顔を強《こわ》ばらせた。

　認めたくはないけれど、私への支度金は『私』のためではなく『家』のために使われるだろう。つまり、叔父様達のために。

　半分はお姉様の結婚の時の持参金にすればいいと提案したが、それが守られるとは思えない。

　もっとも、実際にはお姉様は家を出るつもりだからそれはよいのだけれど。

「エレインのご両親は火事で亡くなられたとか。その後に入った叔父夫婦は、君の両親ほど勤勉ではなく、正統な伯爵家の血筋である君と妹にも辛《つら》く当たっているらしいな」

「間違ってますわ」

「間違い？」

「私と妹ではなく、私と姉です。私は妹の方です」

ギルロード様は少し驚いた顔をした。

やはり姉を差し置いて妹が縁談を受けるというのはおかしいことなのかしら。

「そうか。てっきり姉の方が来るかと思っていた。姉上はこの話を拒んだのか？」

「いいえ、私が手を挙げたのです」

「何故？」

お姉様には好きな方がいらっしゃるから、とは言えない。

どこから叔母様達の耳に入るかわからないもの。

「……姉はたおやかで美しい女性ですから、望まれて嫁ぐことができるでしょう。でも私は子供っぽいですし、あまりおとなしいとは言えません。ですから、『誰でもいい』なら私でもよろしいかと思ったのです。もちろん、嫁ぐことが決まれば、足りないところは一生懸命勉強いたします」

ギルロード様は、何も言わず微笑まれた。

さっきのとは違う、静かな微笑み。子供っぽい言い訳と思われてしまったかしら？

「いいだろう。そういう女性の方がいい」

それとも、これから勉強すると言ったことが気に入られたのかしら？

「君を名ばかりの妻とする代わりに、ウォーカー伯爵家にはいくらかの支援となる支度金を渡す。君には何でも望むものを与えよう。ドレスでも、宝石でも、他に欲しいものがあれば何でも」

「あの……、私、三つだけ望みがあります」

「何だね？」

「一つは、家から一人召し使いを連れてくることを許していただきたいこと。二つ目は、落ち着いたら姉に遊びにきてもらうことを許していただきたいこと。三つ目は、少しでよろしいので、地面をいただきたいことです」

「地面？　自分の領地が欲しいのかい？」

「まさか、そんな大きなものではなく、お庭に少しだけでよろしいんです」

「そこで何をするつもりなのだ？」

「花を育てます。私、染め物をするのが好きなので、そのための植物を育てたいのです。染め物に使う植物は、立派な庭園にはそぐわない、雑草のようなものが多いから、どこか人目につかないところでよろしいので、そういうものを育てる場所をいただければ」

「染め物か……」

「侯爵夫人には相応《ふさわ》しくありませんか？」

彼の視線が私から外れたので、やはりおかしなことを言ってしまったかと心配したが、視線はすぐに戻った。

「いいや。暫くはこの屋敷でのみの生活だ。何か嗜《たしな》むものがあれば時間も潰《つぶ》せるだろう。かまわないよ」

「ありがとうございます」

優しい方。

およそ貴族の娘の楽しみとしては奇異なことなのに笑うことも蔑《さげす》むこともしなかった。

愛情のない結婚だとか、急ぎで結婚する理由があるのだとか、全て正直におっしゃってくださったのも、この方の優しさ故だわ。

だって、そんな説明をしなくても、『結婚する』とだけ言えば私の立場では断ることはできないとわかっているはずだもの。なのに、私がこちらへ来てから失望したりしないようにと事前に教えてくださっている。

貴族の結婚は家のためのものであっても、そこに愛情がある方がいいとおっしゃった。

務めとしての結婚も、ご本人の意思ではないのだろう。

お兄様が亡くなられて、この方も悲しいはず。それなのにすぐ結婚しろと言われて苦しんでいらっしゃるに違いない。さっきのご様子がそれを語っている。

だからせめてその相手には誠実であろうとしてらっしゃるのだわ。

この方には、人の気持ちを思《おも》い遣《や》る心がある。

口調は儀礼的であったけれど、冷たいものではなかった。

私達の間に恋愛がないのは仕方がない。

今は。

でもこれから一緒に暮らしてゆけば、ゆっくりと愛を育むことはできるかもしれない。

いいえ、この方がお相手ならばきっとできる。

容姿を見ただけでも心を傾けていたけれど、言葉を交わしてみたら、率直なお人柄にも惹《ひ》きつけられた。

この方ならば、心を尽くせばわかってくださるだろう。

縁談のお相手が、ギルロード様で本当によかった。

「お相手は、私でよろしいのでしょうか？」

一応確認のために尋ねると、彼は静かに頷いた。

まるで運命を受け入れるかのように、穏やかだけれどどこか空虚な表情で。

「ああ。君さえよければすぐにマール伯爵を呼んで、話はまとまったと告げよう」

その表情と落ち着きが、少し私を不安にさせたけれど、きっと私が子供だからね。こういう時、大人の男性はこういう顔をするものなのだわ。

私はこの方の奥様になれる。

この大きなお屋敷でこの方と暮らす。

そしていつか、ここからお姉様とヨセフを送り出してあげられる。

「では、よろしくお願いします」

喜びに笑みを浮かべ、私はもう一度ギルロード様のお顔を見た。

優しげな緑の瞳の、私の侯爵様。

この方のために自分ができることを探そう。愛するために、愛されるために、何でもしよう。

そして一緒に幸せになろう、と……。


マール伯爵に、私達が結婚をすることに決めたと告げると、伯爵はとても喜んでくださった。

ギルロード様は、なるべく早いうちに私をこちらへ迎えたいと言い、喪中のために派手な式は行わないが、そのことには私も賛同してくれたことを伝えた。

それならばと、マール伯爵はその日のうちに私を連れて戻り、夜にはもうお姉様に全てを報告することができた。

私が、ギルロード様はとても素敵な方だった、彼と結婚できることは嬉しいと伝えると、ようやくほっとした顔になった。

「ガマガエルではなかったのね」

「とんでもない。王子様のようだったわ」

「随分とあなたより年上なのでしょう？」

「ええ。だからこそ落ち着いてらして、教養深そうで、優しそうで。きっと私より色んなことを知ってらっしゃるに違いないわ」

夢見るように語る私を、お姉様は呆《あき》れたように見つめた。

でも仕方がないわ。

本当に素敵な出会いだったと思うのだもの。

あの方が、全てを私に話してくれたことや、貴族の結婚にも愛がある方がいいとおっしゃったことなど、色々教えたかった。そうすれば、もっと安心してくれるだろうから。

けれどゆっくりお姉様とお話しする時間はなかった。

マール伯爵が、縁談が順調に調ったから、すぐに準備するようにと伝えたので、私は輿《こし》入《い》れの準備に忙殺されたからだ。

ギルロード様から渡された支度金は何に使われたのかわからなかった。

私の花嫁道具は、お母様のお古ばかり。

叔母様が私のために支度金を使ってくださったのは、花嫁衣装となるギルロード様のお宅へ向かう時のドレス一式だけだった。

「母親のものを持って行きたいでしょう？　もったいないけれど、大切な姪《めい》のためだもの、我慢しなくちゃね」

そういう叔母様は、新しいドレスを着ていらした。

いつの間に新調したのやら。

「あなたにお母様のものを持たせた後で、ご自分のものを揃えるつもりよ」

お姉様は怒ってらしたけれど、私はそれでもいいと思った。

ここに残しておくと、叔母様が勝手に売ってしまうかもしれないもの。それぐらいなら、全部持って行きたい。

私が持っていれば、いつかお姉様が家を出た時に私から渡してあげることもできるし。

準備に与えられた期間は一週間。

たった一週間で、全てを終え、私は荷物と共に再びシュローダー侯爵のお宅へ向かった。今度は叔父様と叔母様、お姉様も一緒に。そしてヨセフも。

私が一人だけ連れていきたい我が家の召し使いというのは、ヨセフのことだった。

ヨセフを我が家においておくと、家を抜け出す準備などもやり難《にく》いだろうと、私が勧めたのだ。

私の計画はこうだった。

ヨセフは侯爵家で駆け落ちの準備をし、私がお姉様を呼び寄せた後、二人で侯爵家から出奔する。

侯爵家ならば、お姉様やヨセフに対する監視はないし叔父様達の目も届かない。

あそこからならば、二人はきっと上手く旅立てるだろう。

お姉様とヨセフを暫く引き離すのは心苦しかったが、お姉様は笑って私の心配を打ち消した。ほんの一時だけのことだもの、大丈夫よ、と。

愛し合っているお二人ならば、小さな障害など何でもないことなのね。

私がするべきことは、とにかく叔父様達にお姉様の結婚を急がせないようにすること。

ギルロード様が最高の縁談を用意してくださるから、他の人にお姉様を嫁がせるのはもったいないと思わせること。

なので、侯爵邸へ向かう馬車の中で、私はずっとそのことを口にしていた。

私が侯爵様のお目に適《かな》ったのだもの、お姉様ならもっとよいお家に嫁ぐことができるかもしれないわ。

侯爵様の事情で一年はパーティなどに出席はできないけれど、その期間が過ぎたらお姉様と一緒にパーティに出席できるでしょう。そうなれば、侯爵様のご友人に紹介していただける。きっとお姉様なら何人もの殿方に申し込まれるわ、と。

叔母様は相変わらず不機嫌なままだったけれど、叔父様はその気になってくれたようだった。

その叔母様も、シュローダー侯爵家に到着すると、笑顔を浮かべた。

「立派なお屋敷だわ。私達、この立派な侯爵家の親戚《しんせき》になるのね」

お母様の妹なのに、どうしてこうも性格がお違いになるのかしら。

お屋敷では、あの執事のセバスチャンが私達一行を迎えてくれた。

叔父様達は客室に案内され、私はメイド頭のラソール夫人に連れられ、『私』の部屋へ通された。

ラソール夫人は、恰幅のよい老婦人で、あまり笑わない方のようだった。

でもお庭に面した広い部屋はとても素敵。

象牙《ぞうげ》色の壁紙には小さなスミレの花が描かれていて、備え付けられた家具にもスミレが描かれたり彫られたりしていた。

カーテンにも、白スミレが刺繡されている。

私がお部屋を堪能《たんのう》していると、ラソール夫人が背後から声をかけた。

「先に到着しておりましたお荷物は別室へ運んでおきました。こちらのお部屋には家具が入っておりましたので」

「ええ、壁紙とお揃いですものね。でもあの家具は大事なものなの、使う場所がなくても、大切にとっておいてね」

「使う場所がなくても、でございますか？　失礼ですが、お持ちになったものは皆、新しいものではないようですが……」

言われると思っていたわ。

「お母様の形見なの。侯爵様がお許しくださったら、どこかのお部屋に全部並べたいと思っているのだけれど、無理かしら？」

「奥様のために一部屋開けることなど、すぐに応えてくださるでしょう。ドレスもお母様の形見でらっしゃいますか？」

奥様、と呼ばれるのはちょっとまだ気恥ずかしいわね。

「ええ。少し古臭いかもしれないけれど、どうせ暫く人前には出ないのだし、それで充分でしょう？」

「新しいものはお作りにならなかったのですか？」

「……お家の中だけでもお母様のドレスでは恥ずかしいかしら？」

「いいえ。どれも素敵でございますよ」

その言葉に少しほっとした。

「よかったわ。そうなの、お母様はとても趣味のよい方だったの。だから私もお姉様も、お母様のドレスを着られてよかったと思ってるわ」

ラソール夫人は何故か複雑な表情を浮かべた。

ギルロード様もそうだったけれど、大人の方は皆、感情を表に出さないようにするから、私には読みにくいわ。

「お母様のドレスも素敵でございましょうが、来客用に何着か新しいものをお作りになることをお勧めいたします。美しく着飾るのも侯爵夫人の務めでございますので」

「それは難しいことね。是非ご指南ください。私、あまり着飾ったことがないので」

「着飾ることはお嫌いですか？」

「もちろん好きよ。でも着飾って出て行く先がなかったので、その機会を得られなかったの。これからは勉強します」

「……奥様はまだお若いですから、そんなにお気になさることはございませんわ。むしろ、そのようなことにかまけてこなかったことはよい事かと。御夕食まではまだ時間がございます。お姉様をお部屋にお呼びになられて、お茶などいかがでしょう。ウォーカー伯爵夫妻は『親戚づきあい』に勤《いそ》しまれたいご様子でしたから」

「ええ、是非。でもその前に、夕食に同席なさる方々のお名前と続き柄を教えてください。突然だったので不勉強なのです。侯爵様に恥をかかせない程度には知識を入れておかないと」

「よろしゅうございます。今夜いらっしゃる方々は、皆侯爵家に縁のある方ですから親しくなさるのがよろしいでしょう。一番重要な方はグランデン公爵様でございます。旦那様に結婚を勧めたのもこの方で、先々代の侯爵様である、旦那様のお父様の後見人でございました。厳格な方です」

「マール伯爵と一緒ね。伯爵も、私のお父様のご友人で、真面目な方だわ」

「父親の代からの知り合いというものは、幾つになっても口うるさいものですわ」

「まあ」

あまり笑わない方だと思ったけれど、ラソール夫人は意外に饒舌《じょうぜつ》だった。

グランデン公爵はギルロード様のお兄様を可愛がっていらして、ギルロード様には必要以上に厳しく当たるのだとか。

亡くなられたお母様のご親戚は領地が遠いので、今回は男性しかいらしていないけれど、それは祝福していないわけではないのだとか。

亡くなられたお兄様には奥様がいらして、お子様がいらっしゃらないからご実家に戻された。本当はその方とギルロード様を結婚させようという話もあったのだけれど、グランデン公爵が反対なさって結婚を急がせたのだ、なんてことまで教えてくださった。

お話しした時に、結婚には誰かの意見があったのだろうとは想像していたが、そういう事情もあったのね。

一通りの説明を終えると、夫人は慌ててお姉様を呼びに行ってくれた。

ちょっとおっかない人かも、と思ったけれど、いい人かも。

少なくとも、彼女がギルロード様のことがとても好きなのだということはわかったわ。

この家でこれから一人になるのかと不安だったけれど、少し明るい兆しが見えるような気がした。


「それでは、結婚証明書にサインを」

少し早めの夕食会で一同の顔合わせが終わった後、集まった人々の前で私とギルロード様の、形ばかりの結婚式が行われた。

と言っても、別室で皆様を証人に結婚証明書にサインをするだけだったけれど。

それでも私には特別なことで、金の縁取りのある紙に自分の名前を書く時には、さすがに手が震えてしまった。

ウォーカーの名前を綴《つづ》るのは、これが最後。次に何かに署名する時は、私はシュローダーと書かなければならないのだ。

結婚証明書の立会人にサインしたのは、グランデン公爵様だった。

ラソール夫人が言っていたように、白い髭の厳しい方。

この集まりの中できっと一番お年上で、一番偉い方なのだろう。集まった方々は私達に祝福を述べた後、皆、公爵に深く頭を下げてらしたから。

集まった方々は、とても余所余所《よそよそ》しくて、心からの祝福を贈ってくれているようには思えなかった。

その理由は、ラソール夫人から説明を受けていた。

ギルロード様の叔父様に当たるヒルストン侯爵は、ギルロード様のお父様の弟君で、爵位を継げずにこの家を出された方。

ヒルストン侯爵家の入り婿とはなったが、ヒルストン侯爵家は『侯爵』位はあってもシュローダー侯爵家よりも格下で、裕福度が全然違うそうだ。

なので、ギルロード様に何かがあれば自分の息子がシュローダー侯爵家を継げるのに、と思ってらっしゃるらしい。

テリール伯爵は、亡くなられたギルロード様のお兄様の奥方の実家で、本当はギルロード様のお義姉様《ねえさま》に当たる娘をギルロード様の奥様にしたかったそうだ。

子供がいなかったせいで、お義姉様はご実家に戻されたが、もう一度再婚相手を探す面倒を避けるためにギルロード様の奥様にしたかったらしい。

けれど私と結婚してしまったので、その夢は破れてしまった。

マーシャル伯爵はギルロード様の親友だけれど、この結婚に愛がないことを知っているので、否定もしないが祝福もしない。

そして叔父様達。

侯爵家と繋がりができることは喜んでいらっしゃるけれど、私が幸せになることは歓迎していないのだろう。

お姉様は私があの家を出て行けることを喜んではくださっているが、ギルロード様がこの年まで独身だったのは謎《なぞ》だと思ってらっしゃる。

なので、こうして結婚式が終わっても、和やかに談笑とはいかなかった。

どこか冷めていて、静かな食事会。

でも結婚式に出席したことがないからわからないだけで、どこもこんなものなのかも。

ただグランデン公爵のこの発言だけは、普通の結婚式ではされないものだと思うわ。

公爵はギルロード様がいらっしゃるのに、私にこう言ったのだ。

「ギルロードの兄であるエイマスは勇猛で立派な男だった。勇猛と言っても野蛮なのではなく、知的で、礼儀正しくもあった。それに引き換えギルロードは少しおとなしくて物足りないだろうが、そこは我慢だな」

失礼だわ。

これがラソール夫人の言う、『お兄様の方を可愛がっていた』せいだとしても、ご本人を前に他の人の方がよかったとか、妻となる者の前で我慢だとか。

だから私は笑ってこう答えた。

「私、エイマス様を存じ上げないので、比べることはできませんわ。それに、ギルロード様はとても素敵な方ですから、我慢など必要ないと思います」

怒ってしまうかしら、と思ったけれど公爵は「それもそうだ」と軽く流された。

……悪気のない言葉だったのかもしれないわね。

怒っていたのは私の方で、ギルロード様はすぐにそれに気づいてくれた。

「公爵は、悪い方ではないのだよ。兄は本当に素晴らしい人物だった。比べられることには慣れているし、兄が優秀であることは私も認めている」

公爵が去った後、私にそう囁《ささや》いてくれたから。

「ギルロード様にはお兄様にないよいところがいっぱいあるはずです。……私はまだそれが何であるかは答えられませんが、これから沢山見つけてさしあげますわ」

ギルロード様は少し驚いた顔をしてから、クスリと笑った。

「では期待しよう」

「期待してください。先は長いのですから」

そうよ。

これからはずっと一緒なのよ。この方のいいところをいっぱい見つけてもっと好きになって、楽しい時間を過ごすのよ。

「疲れてはいないか？」

「いいえ。全然」

「そうか、ではそろそろ部屋へ戻ろうか」

「もう、ですか？　でもまだ皆様が……」

「彼等《かれら》は勝手にやるだろう。さ、おいで」

誘われるから、私は彼の手を取って部屋から出た。

出て行く私達に皆が様子を窺《うかが》うような視線を向けていたのが気になったけれど、咎《とが》められることはなかったのでそのまま部屋へ向かった。

結婚した最初の夜。

その意味に気づかないまま。


ギルロード様が私を連れ帰ったのは、あのスミレの部屋ではなかった。

途中まではそちらへ向かっていると思っていたけれど、彼は私の手を取ったまま私の部屋の扉を通り過ぎ、その向こう側の扉を開いた。

クルミ材のがっしりとしたデスクの置かれた広い部屋。

一目でここが彼の部屋なのだとわかった。

趣味がよくて、落ち着いていて、ギルロード様らしい穏やかな空気が漂っている。

「素敵なお部屋ですわ」

「ありがとう」

それまでと変わらぬ態度で、彼はその奥の扉を開けた。

「こちらへ」

言われるまま、彼について行くと、そこには大きな天蓋《てんがい》付きのベッドがあった。

素敵。

憧れだったわ、天蓋の付いた寝台は。

「脱がせた方がいいかい？　それとも自分で脱ぎたい？」

「……え？」

ベッドに見とれている私に、彼は声をかけた。

その意味が、私には理解できなかった。

「脱ぐ……、のですか？　何を？」

「何をって、ドレスを脱がないとできないだろう？」

「できないって……」

「今夜は新婚初夜だということがわかっていないのかな？　それとも、私を拒否したいのかい？」

その言葉で、ようやく私は自分の立場を理解した。

初夜、なのだわ。

私は花嫁なのだもの、夫となる人と共に夜を過ごすのよ。

「いえ、あの……。思いが至らなくて。そうですよね。私はギルロード様の花嫁なのですものね。ええ、もちろん覚悟はできています」

理解した途端、顔が熱くなる。

動悸《どうき》も激しくなり、指先が震えた。

「覚悟ねぇ……。それで、ドレスはどうする？」

「どうすればいいのでしょう？　普通は自分で脱ぐものですか？　あ、ベッドに入るのでしたら、夜着に着替えた方がよろしいでしょうか？　でしたら自室に戻って着替えてきた方が……」

「部屋に戻りたいのなら、そちらのドアからどうぞ。君の部屋へ通じている」

彼が示した先には、白い扉があった。

私達が入ってきたのと同じ扉だ。

つまりこの寝室を境に私の部屋とギルロード様のお部屋は繋がっているのだわ。

そういえば、お父様とお母様のお部屋もそうだった。

「私……、何も知らないので、どうしたらいいのか教えてくださいませ。ギルロード様の望む通りにいたします」

「こういう時の作法を叔母君から教えられなかったかい？」

「叔母からは何も……。昔、母からは結婚したら全て旦那様のいう通りに、と」

「ふむ……。ではベッドにかけて。怖いことはないから、緊張しなくていい」

「はい」

私がベッドに腰掛けると、彼も近づいて隣に座った。

男の人がこんなに近くにいるなんて初めてのことで、また心臓が跳ねる。

「キスをしたことは？」

「ありません」

「こういう時は目を閉じるものだよ」

「はい」

ぎゅっと目を閉じると、熱い手が頬に触れるからピクリと肩が震えてしまう。

何かが、唇に触れる。

柔らかくて温かいものが。

これはギルロード様の唇だわ。お父様とお母様が幸せそうに交わしていた口づけが思い出される。

私は今、あの時のお二人のようにギルロード様と唇を重ねているのだわ。

「目を開けてもいいよ」

言われて目を開けると、すぐ側《そば》にギルロード様のお顔。

恥ずかしくて、目が合わせられない。

思わず顔を背けると、少し寂しそうな声が聞こえた。

「いやだった？」

「違います！　いやだなんて……。ただ恥ずかしくて……」

嫌っていると思われたくない。

私は勇気を出して彼に向き直った。

「初めてでしたので……。ドキドキいたします……」

すると彼は静かに笑った。

「君は……、私の想像していた女性とは違うな。どこまでも幼く、無垢《むく》だ」

「こ……、子供にしか見えないということでしょうか？」

「大人の女性ではないが、子供とも思わない。そうだな、乙女というべきかな？」

「乙女……？」

「なりゆきで摘み取るには美しすぎる花だ」

「私が花ですか？」

そんなことを言われたのは初めてだわ。

「だが床入りをしなくては結婚にはならない。我慢して私に抱かれておくれ」

「ギルロード様。我慢という言葉はお使いにならないでください。私は望んであなたの、つ……『妻』になったのです。ギルロード様は素敵な方です。私は喜んでおります」

本心から告げたのに、彼はまた優しく笑うだけだった。

「ドレスを脱がせよう。後ろを向いて」

「あ、はい」

間近でお顔を見なくて済むのだと、ほっとして背を向ける。

けれど、彼の指が器用に私のドレスのボタンを外してゆくと、また激しいドキドキに包まれた。

身体《からだ》を締め付けていたドレスが、ふわりと身体から剝がれる。

手が、肩から袖《そで》を落とす。

下には、白いアンダードレスを纏《まと》っているから裸ではないのに、恥ずかしくて身体が熱くなる。

家を出る時、メイド達が特別な下着ですよと言っていた意味が、今わかった。

花嫁衣装を着られない代わりに白いアンダードレスを装わせているのだと思った。でも誰も見ることはないのに、レースや刺繍のついた素敵なものを用意してくれたのは、この方のためなのだ。

花婿だけが見る私の装いだったのだ。

「一度立ち上がって、ドレスを脱ぎなさい」

「は……い」

ベッドから立ち上がると、重たいドレスが床に落ちる。

薄い布のアンダードレスは心もとなくて、思わず身体を隠すように自分で自分を抱き締める。

「君は姉君のことを美しいと言っていたが、私は君もとても美しいと思うよ」

「本当ですか？」

「ああ。私にはもったいないくらいだ」

嬉しい。

ギルロード様に気に入っていただけた。

「こちらを向いて」

再び彼に向き直ると、ギルロード様は何故か悲しそうなお顔をしていた。

後ろ姿の方が綺麗《きれい》だったのかしら？　正面を見たらやはり子供にしか見えなかったのかしら？

女性らしい身体つきになってきたとはいえ、やはり叔母様やお姉様よりは胸の膨らみも足りないし。

「あ……、あの……。胸はもう少ししたらもっと豊かになりますから、成長に期待してください」

「ん？」

「がっかりなさったお顔でしたので……」

「がっかりなどしていないよ。むしろ、こんなに美しい蕾《つぼ》みを散らすのが私のようなおじさんで申し訳ないと思っているくらいだ。……可哀想に」

私は少しも可哀想ではないのに。

どうしてそんなに私がこの結婚を望んでいないと思うのかしら？

私はちゃんとギルロード様とお会いして、あなたの奥様になりたいと思ったのに。

それを口に出して伝えようとしたけれど、突然彼が服を脱ぎ始めたので、私は言葉を紡ぐことができなかった。

男の人の裸など、見たことはない。

使用人達は、どんなに暑くても私達の前ではシャツを着ている。

お父様の裸も見たことはないし、叔父様や従兄弟に当たる叔父様の息子のフランシスだって、肌を見たことはない。

男の人の身体が女性と違うと知るのは、僅《わず》かに絵画や彫像でだけ。

今、目の前で服を脱いでゆくギルロード様の身体こそが、初めて目にする『男性』だった。

平坦《へいたん》で、硬く引き締まった胸。

太く長い腕。

穏やかなお顔立ちの彼からは想像もしていなかった、逞《たくま》しい身体。

違うのだわ。男の人は、私とは全然違う。

「ちょっと立って」

「はい」

立ち上がると、彼は布団を捲《めく》った。

「さあどうぞ」

シーツの上に座るように促され、再び腰を下ろす。

何をしたらいいのか。何をされるのか、わからないままギクシャクとした動きで彼に従うだけ。

ギルロード様の顔が再び近づく。

キスされるのだと思って慌てて目を閉じる。

キスもされたが、同時に腕が包むように私を軽く抱き締め、そのまま重みがかかって私はベッドに押し倒された。

柔らかなベッドに身体が沈む。

メイド達が整えてくれたアンダードレスが、彼の手で脱がされてゆく。

女性の服を脱がすことに慣れているのだわ。指先は戸惑うことすらしない。

私よりずっと年上だというから当然のことなのに、他の女性にも同じことをしたのかと思うと少し胸が痛んだ。

でも感傷は一瞬。

「あ……」

次の瞬間から、私の頭の中を占めたのは恥ずかしさだけだった。

アンダードレスの肩が落ちる。

前開きの下着のリボンが解かれ、ボタンが外される。

ささやかな膨らみしかない私の胸が、彼の目の前に露《あらわ》になる。

隠したいけど手が動かなくて、胸はすぐに彼の手のひらに包まれた。

「ふわ……っ！」

変な声を上げてしまって、顔が赤くなる。

今まで感じたことのない感触。

熱くて、硬くて、滑らかで。

男の人の手って、こんな感じなの？

自分ではない者の手に触れられるって、こんな感じなの？

胸に置かれた手が動く。

膨らみが彼の手の中で形を変える。

触られているのは胸だけなのに、全身が震えてくる。

体温があがってる。

身体が熱い。

「あ……っ」

手が、胸を離れて身体の横を滑るように下がってゆく。

全部脱がされてしまうのかしら？

一糸纏わぬ姿を他人に、ギルロード様に見られるのかと思うと身体が強ばる。

息が上手くできないのはどうしてだろう。

深く息を吸いたいのに、できない。

身体の内側から溢《あふ》れてくる感覚に息が止まってしまうせいだわ。その感覚の波を乗り越えるためには、息を詰めていないとさっきのような変な声が上がってしまいそうだから。

ああ、また。

彼の手を感じる度にドクンとお腹《なか》の奥から何かが溢れる。

これは誰もが感じるものなの？

それとも、ギルロード様だけが私に与えてくれるもの？　私だけが感じるもの？

「あ……、何を……」

そんな中、ギルロード様の顔が私の胸に埋《うず》まる。

「……ひっ、あ……」

胸を、舐《な》めている？

指ではない、もっと濡《ぬ》れたものが、私の胸の先に触れている。

「あぁ……」

その瞬間、雷に打たれたような衝撃が身体の中を駆け抜けた。

「だめ……っ、や……」

ゾクゾクする。

背中に鳥肌が立つ。

赤ちゃんのように、私の胸を吸い上げる彼の舌が、唇が、私を翻弄《ほんろう》する。

これも普通のことなの？

これもみんなの言っていた『我慢』の一つなのかしら？

いいえ、みんなが言っていたのはそんな意味じゃないと思うわ。でも頭が上手く回らなくて、ちゃんとした考えができない。

自分の身体なのに、全てが勝手に反応してゆく。

「あ」

手は、必死にシーツを摑んでいた。

「ん」

口はぎゅっと閉じて、息苦しくなると魚のようにパクパクと喘《あえ》ぐ。

「や……ぁ……」

声は甘く鼻にかかり、出したことのない高い響きを上げる。

「エレイン、脚を……」

脚は、縮こまるようにぎゅっと閉じていた。

ギルロード様に言われ、私は更に膝《ひざ》を固く閉じた。

「嫌、か？」

話をするために彼の唇が胸から離れてくれたので、ドキドキが少しだけ収まった。ほんの少しだけ、私も言葉を紡げる程度に。

「いいえ……。少し……、怖いですけれど嫌なんて……」

私、何か嫌がるような素振りをしてしまったかしら？

「怖い？」

「少し……」

隠しても気づかれてしまうだろうから正直に頷く。

「私が怖いか」

「男の方もですが、自分が……よくわからなくて……。私、おかしなことをしましたでしょうか？」

まだ整わない息の中、不安になって問いかけた。

考える余裕もなく感覚に流されていたけれど、それではいけなかったの？

悪いところがあったのなら教えてくださいという目で見つめると、彼は困った顔をしてから口を開いた。

「何故脚を閉じている？」

「脚？　恥ずかしくて……。伸ばした方がよろしいのですか？」

「伸ばすというか……。脚を開いてくれなければ、私が入れないだろう？」

「脚の間に入るのですか？　でもそれはちょっと……」

「ちょっと？」

脚の間に殿方を座らせるなんて、恥ずかしいわ。

「ええと……、きちんと脚を揃えて伸ばしますから、間に座るのは……」

「座る？」

「横になるのですか？　私、潰れてしまいません？」

ばかね、私ったら。さっきも身体を重ねてらしたじゃない。

ほら、ギルロード様も呆れた顔をなさってるわ。

「すみません、潰れるわけはないですわね」

「ああ、まあ。そうだね」

ギルロード様は手でご自分の顎《あご》を撫でさすり、じっと私を見た。

怒ってらっしゃる？

困ってらっしゃる？

「今回の輿入れの前に、花嫁の心得というものを誰にも教えられなかった？」

「はい……。あの、私、何か手違いをしたでしょうか？」

「いや……。私が飢えた若者でなくてよかったよ。今夜は床入りをした事実があれば問題はないだろう」

「何か不備があるのでしたら、おっしゃっていただければ……」

「いや、いいのだ。心なく蕾みのうちに散らすなということだろう。今夜のことは、誰かに訊かれても何も言ってはいけないよ」

「まあ、閨《ねや》のことを人に話したりしませんわ」

「そうだね」

彼は苦笑し、静かに私の隣に身体を横たえた。

右腕が、首の下に回り肩を抱き寄せられる。

「怖いと言ったね」

「ギルロード様のことではなく、自分が怖かったのです」

「気持ちはよかった？」

問われて顔が赤くなった。

「……はい」

「それはよかった。ではそのままに君にもっと快感を与えてあげよう」

「まだ？」

「まだ、だよ。そして一つ覚えておくといい。女性の脚の間には、女性の快楽を司《つかさど》る場所があるのだ」

「脚の間に？」

「そう。ここだ」

添い寝をしてくれた彼の左の手が、下着の中に滑り込む。

「あ……っ」

下生えの中、指が肉の狭間《はざま》に隠れた場所に触れる。

その途端、声が上がってしまった。

「や……っ」

胸を弄《いじ》られた時よりも激しい、表現し難い感覚。

痺《しび》れるような、疼《うず》くような、身を焼く快感。

力が抜けてゆくのが怖くて、思わず自分からギルロード様にしがみついた。

「いや……っ、いや……っ。これは……」

身を捩《よじ》って指から逃れようとするのだけれど、彼の長い腕から逃れることはできなかった。

執拗《しつよう》にそこを責め立てられ、私は乱れてゆくのを我慢できなかった。

「や……ぁ……」

喘ぐ私の唇に、彼がキスをくれる。

さっきはそれだけで恥じらった口づけも、今与えられる快楽の前では気にする余裕もなかった。

「ン……。あ……ぁ……。や……。ギル……ぁ……」

お腹の奥から湧《わ》き出ていた熱いものが、溢れてくる。

彼の指が触れているその奥から実際に何かが溢れている。

恥ずかしいから、どうか彼の指がそれに触れないように、気づかないようにと願った。

キスが、唇から離れ首に這《は》う。

舌が首を濡らす感覚に、また鳥肌が立つ。

抱かれた肩を引き寄せられ、彼の胸に顔を埋める。

シーツを摑んでいた手は既《すで》にそこを離れ、自分の胸の上で拳《こぶし》を握っていた。

快感が高まってくると拳に力が籠《こ》もり爪《つめ》が手に食い込む。

「あ……ぁ……」

その痛みよりも、溢れてくる快感の方が強かった。

「もう……っ！」

その『感覚』は、今まで味わったどんなものよりも強くて、私の全てを飲み込んだ。

恥じらいも、慎みも、意識すらも、全て……。


快感に攫《さら》われ、彼に抱き寄せられたままその夜は眠りについた。

私に何かいたらぬところがあるのは察していたが、彼はそれが何かを教えてはくれなかった。問いかけても、いつかわかることと笑うだけだった。

でも、彼の手が私の髪を優しく梳《す》いてくれただけで、満足だった。

荒々しく女性を扱う人もいるというけれど、彼はそんな人ではなかった。

初めての夫婦の夜は、私にとって幸福な夜だった。

翌朝、目覚めた時にギルロード様の姿はなかったが、枕元《まくらもと》の椅子にはガウンが置かれていて、姿がないのは恥ずかしがる私のための気遣いだと思った。

ベッドに残されていた私は半裸で、とても人に見せられるような姿ではなかったので。アンダードレスだけを身につけ、その上からガウンを羽織って、教えられていた扉から自分の部屋へ行くと、私は自分で着替えを済ませてからベルを鳴らした。

やってきたのはラソール夫人だった。

「奥様のお連れになった召し使いは男の方ですから、お部屋付にするわけにはまいりませんので、暫くは私が奥様のお世話をいたします。よろしいですか？」

「ええ、もちろん。ヨセフには花壇造りを手伝ってもらうつもりなの」

「花壇造り？」

「ええ。ギルロード様に少しお庭をいただくことにしているの。そこに花を植えて、染め物をするつもりなのよ」

「染め物をなさるのですか？」

驚かれてしまったので、慌てて付け加えた。

「ギルロード様の許可は得ているわ」

「はあ」

それでも、ラソール夫人は納得しかねているようだった。

でもこれが普通の反応よね。

あっさりと認めてくださったギルロード様の方が珍しいのだわ。

自分で整えた身支度に悪いところはないと思うのだけれど、ラソール夫人は何ヵ所か手直ししてから私を食堂へ誘った。

食堂には既に昨日と同じ皆様が揃っていて、私が一番最後。私の席は、ギルロード様の隣だった。

「遅れて申し訳ございません」

と謝罪してから席に着くと、グランデン公爵が私に向かって声をかけてきた。

「昨夜の首尾はいかがだったかな？」

「昨夜……？」

「初めての夜は満足できたかな、ということだよ」

そこまで言われて、やっと私は質問の意味に気づいて顔を赤くした。

公爵が訊いているのは、私とギルロード様の初夜についてなのだと。

「公爵、私の花嫁は恥じらいを知っています。そのような質問は止《や》めていただきたい」

ギルロード様が少し怒ったように注意すると、公爵は笑いながら謝罪した。

「いや、これはすまなかった。だが新妻の赤面でよくわかった。善き夜を過ごしたようで、よかった、よかった」

新婚の初夜に夫婦が時を過ごすことは当たり前。

ここにいらっしゃる方は皆様私より年上の方ばかりなので、当然のこととして会話を聞いていらしたが、私は恥ずかしくてもう喋ることができなかった。

皆様の前で、閨の秘め事を口にするなんて。

結局、会話はギルロード様のご友人が引き取り、今は狩りのいい季節だとか、今度はどの馬を買おうと思っているとか、そんなことに終始した。

朝食が終わると、皆様早々にお帰りになられるとのことだったけれど、そのお見送りの時も、私は気の利いたことも言えぬままだった。

ただお姉様とだけは抱き合い、すぐに手紙を書きますと約束を交わした。

次々と出立してゆく馬車を見送り、ようやくほっと息をつく。

これで、お役目は果たしたのかしら？

皆様は、私をギルロード様の奥様と認めてくださったかしら？

「疲れただろう」

まだ玄関先で去って行った馬車を見送ったままでいた私に、ギルロード様が声をかけてくださった。

「公爵の質問は不躾《ぶしつけ》だったね」

「いいえ、私の方こそ、気の利いた返しができなくて、申し訳ございませんでした」

「いや、ああいうことは人に話すことではないから」

ギルロード様は優しく私の背に手を回すと、奥へと戻った。

途中でセバスチャンにお茶を頼んで向かったのは明るいティールームだった。

一応屋敷の中は全て案内されていたけれど、この部屋を使うのは初めてだわ。

ギルロード様は、ティーテーブルではなく、入り口近くの長椅子に私を座らせ、ご自分も隣に座った。

「実は、君に話さなければならないことがある」

「何でしょう？」

「実は、私は午後から君をおいて出掛けなければならないのだ」

「それで皆様がこんなに早く帰られたんですのね。どちらへ行かれるのですか？」

彼は少し困った顔をした。

「領地の見回りだ」

領地の見回りでどうしてそんなに困った顔をするのかしら？

「そうですか。大事なお仕事ですわね」

「夜に戻る、というわけにはいかない。暫く戻らないのだ」

「シュローダー侯爵領は広大だそうですから、時間がかかるのですね」

「それだけかい？」

素っ気ないと思われてしまったかしら？

「どうぞ、気を付けていってらっしゃいませ。お仕事、頑張ってください」

取《と》り敢《あ》えず心に浮かんだ言葉を口にしたが、彼の表情は曇ったままだった。

その理由はすぐにわかったけれど、

「怒らないのか？」

「怒る？」

「昨日結婚したばかりなのに、新妻の君を置いて出掛けることを、酷い仕打ちと思わないのかい？」

そんなことを考えてらしたのね。

「どうしてですか？　だって、それがギルロード様のお仕事でしょう？　領地の見回りは領主として大切なことです。父もよく出掛けてました。領地のすみずみまで見回り、領民の様子を細かに知ることは大切なことだと」

私はお父様のことを思い出していた。

領民は家族と一緒。

彼等の働きが私達を支えているのだから、できることは何でもしてやらなければならない。して欲しいこと知るためには直接会って話を聞くべきだ、とおっしゃっていた。

だから自信を持って答えたのに。

「君は……、変わっているな」

そう言って、彼はふっ、と笑った。

「私の知っている女性達ならば、きっと怒るだろう。自分を放って仕事に出るなんて酷い、と。置いていかれた私は何をしていればいいのか、と」

「あら、私、することがありますもの」

「何をするんだ？」

「結婚前にお願いしていた花壇を造ります。あ、もちろん侯爵夫人としてのお勉強も。一生懸命勉強すれば、いつかご一緒させていただけます？」

「領地の見回りに一緒に来たいのか？」

「いけませんか？　母も時々父と一緒に出掛けていました。貧しい子供達にほどこしをしたりして。火事の前には我が家にも少し余裕がありましたから」

ギルロード様は私の顔をじっと見てから、突然笑い出した。

今度は一瞬の笑みではなく、我慢できないというふうに。

この笑顔は、とても好きだわ。

「君の母上はよき妻だったようだ。それを倣うのならば、君もよい妻になるだろう。花壇の件はセバスチャンから庭師に話を通すようにしよう。手伝いも用意させる」

「いいえ、手伝いはヨセフにしてもらいます。彼は実家でも手伝ってくれていたので」

『よき妻』と言われてちょっと心が騒ぐ。

お母様のようになれば、もっと彼に近づけるのね。

「君が連れてきた召し使いか。いいだろう。では彼には君の手伝いに回るよう命じよう。他にも必要なものがあればラソール夫人に言いなさい。染色をすると言っていたが、その道具も必要だろう？」

「家から持って参りましたから大丈夫です」

「何もねだらないのか？」

「必要なものがあればお願いするかもしれませんが、今は。あ、いいえ、あります」

「何だ？」

「私に侯爵夫人の心得を教えてくれる方を付けてくださると嬉しいです。一人で勉強するのは限界があると思いますので」

「それはラソール夫人が教えてくれるだろう。彼女が足りないと思えば人を手配する」

「はい」

彼が私の手を取ってくれた時、ノックの音がしてセバスチャンがお茶を持って入ってきた。

「セバスチャン。奥様が庭に花壇を造りたいそうだ。庭師に言って適当な場所を用意しなさい。手伝いは彼女が連れてきた召し使いにさせる」

「花壇、でございますか？　どの程度の広さがお望みでしょう？」

質問は私に向けてのものだと思ったので、視線をセバスチャンに向けて答える。

「そんなに広くなくていいんです。こんな立派なお屋敷にはそぐわない、雑草のようなものを植えますから」

「雑草……、でございますか？」

「奥様は染色をなさるのだそうだ。私が許可した。全て彼女の望む通りに」

「……かしこまりました。お出掛けのことは……？」

「エレインには今言った。笑顔で送り出してくれるそうだ」

「然様《さよう》ですか、それはようございました」

セバスチャンはにっこりと笑った。

旦那様が仕事に出掛けられるのに、笑顔で送り出さない女性がいるのかしら？　その方が不思議だと思うのだけれど、ギルロード様もセバスチャンも、そのことを喜んでいるように見える。

「あの、お出掛けになるのでしたら、お支度に時間がかかるのではありませんか？　私などに付き合っていて大丈夫ですか？」

私が言うと、ギルロード様はまだ重ねたままでいた私の手を軽く叩《たた》いた。

「これから君を一人にしなければならないからね。君が嫌でなければ、お茶の一杯くらいは一緒にしよう」

「嫌だなんて。とても嬉しいです」

お仕事があるのに、私のことを気に掛けてくださる。

グランデン公爵の恥ずかしい問いかけの時にもすぐにそれをいさめてくださった。

優しい方。

ギルロード様のその優しさに気づく度、本当にこの方に嫁いでよかったと思った。

恋をしそうだわ。

ただ『いい人』と、好きだわ、と思うだけでなく、この方に恋してしまいそう。

だから、セバスチャンがお茶をいれたカップを受け取るために、重ねていた手が離れてしまった時には、とても寂しかった。

「領地のどんなところを回られるのですか？　よろしければ教えてくださいませ」

「セラス湖にまで行くつもりだ。領内にある湖で、藻が発生して漁業が上手く行かないので税を減らして欲しいと言ってきた。その状況を確かめに行く。兄が税を上げる話をしていたのだが、それが適正かどうか、現地を見て回りたいと思うのだ。……こういう話は楽しくないだろう？」

「いいえ。でもまず私は領地の地図を覚えなくてはならないことに気づきました。セラス湖がどこにあるかを知らなければ、ギルロード様がどれほど遠くに行くのかわかりませんもの」

「では出掛けるまで、説明してあげよう。セバスチャン、地図を持ってきなさい」

「はい」

勉強をしたいという気持ちがあるのは本当。

でも今は彼がすぐに旅立ってしまうのが残念で、少しでも一緒にいる時間を延ばしたくて彼の話に耳を傾けた。

「シュローダー侯爵領は丘陵地帯から広い平地部を所持している。その中には湖と川があり、川は王都へと繋がっているので、交通の要所とされているのだ」

自分の領地について語る彼の横顔に見とれながら。

「それでね、一緒にお茶を戴いた後、お支度を整えたギルロード様を見送ったの。ギルロード様の愛馬は真っ黒な馬で、脚のところだけが白かったわ。綺麗な馬だったわ。馬上のギルロード様は茶色の髪が陽に透けて濃い金色に見えていたわ。背筋を伸ばして手綱を握った姿は王様のようだった。走りだす前に、私を振り向いてくれたのよ」

「はい、はい。それで微笑んで『行ってくるよ、奥様』と言われて舞い上がったのでしょう？　もう何度も聞きましたよ」

ギルロード様のことを語る私の言葉に、ヨセフはもういいというように軽く流した。

「いいじゃない。他に言う相手がいないのだもの、少しは相手になって」

私がむくれて言うと、彼は土を弄っていた手を止めてこちらを向いた。

「メイドと上手くいっていないのですか？」

心配げな声に、私は慌てて否定した。

「メイドはとてもよくしてくれるわ。でも、私の侍女に付いたのがラソール夫人なの。年配のラソール夫人を相手に子供みたいなことは言えないでしょう？　彼女には侯爵夫人に相応しい教育をされている最中なのだもの」

「教育係の方にはノロケられない、ですか。気にしないでいいと思いますけどね。ご自分の主が褒められるわけですから」

「そうかしら？」

「私なら、エレイン様が可愛くて仕方がないとおっしゃる殿方がいらっしゃれば、嬉しいですよ」

「そんなこと言ってくれる殿方がいないとわかってるからだわ」

私とヨセフがこんなに親しげに会話を交わせるのは、今私達が二人っきりだからだ。

そして私達が二人きりになれるのは、ここが屋外だから。

ギルロード様がご出立なさった午後、セバスチャンが庭師に話を通して私のための花壇を用意してくれた。

お屋敷から少し離れた、木立の横にある場所。つまりここだ。

建物の裏側にあるここならば、あまり人が通らないから雑草のような花を植えてもかまわないだろうということで。

ヨセフが言うには、奥様が土いじりをしている姿を見られない場所にしたのだろう、ということだったが。

でも、風が心地よく抜けるこの場所を、私は案内されてすぐに好きになった。

それに馬が通るということは、ここで作業している時にギルロード様が馬に乗る姿を見ることができるかもしれないし。

でも一応は体裁を整えなければならないから、まずは庭師とヨセフに花壇の囲いを造ってもらった。

持ってきた種や苗木と、私が揃えているものを見て庭師が揃えてくれた同じように染色に使えそうな草花を植え、世話をする。

今の私の一日は、午前中ヨセフとここで庭いじりをし、午後にはラソール夫人や彼女が呼んだ家庭教師から侯爵夫人に必要な教養を教えてもらう。夜には自由な時間が与えられるけれど、することがないので本を読んで過ごす、だ。

一番楽しいのはこの時間、ヨセフと花壇を造っている時だった。

ヨセフは年を経たら伯爵家の執事になったであろう召し使い、本当なら庭いじりなんてさせられないのだけれど、駆け落ちのことを考えると彼にこの家で重要な仕事をさせられないから仕方がない。

　こうして二人きりで話す時間が作れるのも、彼がお屋敷で重要な仕事を任されていないからだし。

　ヨセフとは子供の頃から一緒だった。

　私にとっては兄のように近しい存在。もうすぐ本当のお義兄様《にいさま》になるのだけれど。

「それにしても、どうして侯爵家に嫁いでまで染色をなさろうと思ったんです？　伯爵家にいる頃なら家計の足しにというのはわかりますが、ここではそのような心配もないでしょう」

　言いながら、彼は傍らの大きな屋敷を見上げた。

「ええ。でも私が作ったものは私のものになるでしょう？　ここではみんな侯爵様の持ち物ばかりだから、自分で自由にするものは自分で作らないと」

「作って何をするんです？」

「まあ、決まってるじゃない。売るのよ」

「ですから、どうして侯爵夫人に小金が必要なのか、という話です」

　彼の質問に、私も手を止めて彼を見た。

「お姉様が家を出る時に、お金を持って出られないかもしれないでしょう？　ヨセフがどれだけお金を持ってるかわからないけれど、お金はあるに越したことはないわ。私が染めた布を売って、お姉様に渡したいの」

「それは……」

「布で売っても大したお金にならないなら、お姉様がそれで小物を作ってもいいわ。家でそうしていたように」

「ミリア様を働かせずに済むように、頑張ります」

「私達、働くのはそんなに嫌いじゃないわ」

「ええ、存じてます。でも、やっぱり男としては妻に仕事をさせずに生活していきたいものなんですよ」

そんなものなのかしら？

夫婦二人で一緒に働けばいいと思うのだけれど。

「お姉様のどこが好きになったの？」

「突然ですね」

「私も、ギルロード様に好きになっていただきたいから、参考にしたいの」

真面目に訊いたのに、ヨセフは笑った。

「お二人は違いすぎます」

「……どうせ私はお姉様ほど美人じゃないわよ」

むくれて見せると、彼は慌てて続けた。

「外見ではなく、性格です。エレイン様も、十分お可愛らしいですよ」

「召し使いは褒め言葉しか言わないって聞いたことがあるわ」

「お世辞ではありません。ちゃんとしたドレスを着て、ちゃんとした席に出られれば、お二人とも美人姉妹としてお相手に困らなかったでしょう。あのご夫婦は本当に酷い方達でした」

あのご夫婦、というのは叔父様達のことだろう。

「ミリア様は、芯《しん》の強い女性です。それに愛に溢れている。あなたのことも、とても愛してらっしゃいます」

「それはわかっているわ」

「困難にあった時、エレイン様は立ち向かう強さをお持ちですが、ミリア様は耐え忍ぶ強さをお持ちだ。対処方法が違うんです。彼女を守ってあげたいと思いました。理不尽な運命から。エレイン様は、何をなさるか後ろから眺めていたいタイプですね」

そう言って、ヨセフはまた土をいじり始めた。

「エレイン様のお心遣い、感謝いたします。確かにお屋敷を出たら生活にゆとりはなくなるでしょう。ミリア様を外に働きに出すことはしたくない。エレイン様の布で小物を作る仕事ならば、家の中でできるでしょうから、ありがたいです」

「二人が行ってしまったら、私にできることは何もないから、せめてもよ。お姉様を幸せにしてね、ヨセフ」

「もちろんです。あんな家にいるよりも、私と一緒に来てよかったと言わせてみせます」

頼もしい言葉に、私も安心した。

「新しい家には、私が持ってきたお母様の家具を置いていただくつもりだから、新しいものは買わないでね」

「新しい家具どころか、あれが入る広さの家に住めるかどうかが問題です」

「すぐにじゃなくてもいいのよ。少しずつでいいわ。そしていつか、私をそのお家に招待してね」

「はい、いつか」

二人、幸福な未来に思いを馳《は》せて微笑み交わした時、ラソール夫人が姿を見せた。

「奥様。そろそろお昼でございますよ。お手を洗ってお着替えください」

言われて私は立ち上がり、服の裾を叩いた。

「それじゃ後はお願いね、ヨセフ。それと、買い物も頼みたいから夜に部屋へ来て」

何げない一言だったのだけれど、それを聞いたラソール夫人は何故かヨセフを見た。

「お嬢様……、いえ、奥様。私がお部屋へ伺うよりも、お買い物のリストをメモ書きにして渡してくださる方が間違いがないと思います。急ぎでなければ、後でリストをお渡しください」

「そうね。書いたものを渡した方が間違いはないわね。じゃ、後で渡すわ」

「かしこまりました」

ラソール夫人は静かに頷き、私に近づいて服についた泥を払ってくれた。

「ヨセフは好青年ですわね」

未来の義兄を褒められて私は嬉しくなった。

「ええ、とても」

「美男子でもありますし」

「ラソール夫人もそう思います？　背が高くてとてもハンサムよね。でも怒るととても怖いのよ。小さい頃はよく怒られたわ」

「小さい頃、でございますか？　彼はさほど年には見えませんが」

「彼の父親はお父様付の侍従だったの。だから子供の頃からずっと一緒だったわ。お父様が亡くなった時に彼の父親も一緒に亡くなったけれど……」

その時のことを思い出すと、まだ言葉が詰まる。

私もお姉様も、ヨセフにとっても、とても辛い思い出だから。

「奥様がご実家から召し使いをお連れになると伺った時、侍女を連れてらっしゃるのかと思いましたわ。男の召し使いをお連れになったのは、子供の頃から親しんでいたから、ですか？」

本当のことを言うわけにはいかないので、私は彼女の言葉に乗っかった。

「ええ、そう。私、侍女はいなかったの。だから侍女を連れてくることはできなかったの。メイドも少ないから、私が連れてきてしまうと残るお姉様の世話をする人がいなくなってしまうでしょう？　こちらにくれば立派なメイドが沢山いるのだし。なので、子供の頃から信頼しているヨセフを選んだの」

「然様ですか。これからは私のことも彼と同じぐらい信頼していただけるよう、頑張りますわ」

「まあ、もう信頼しているわ。未熟な私に丁寧に色んなことを教えてくださるし。ヨセフを兄のようだと思っているから、ラソール夫人はお母様のようだと思っているわ」

私はラソール夫人の腕を取った。

夫人は驚いた顔で私を見て、苦笑した。

「お母上ですか。それはもったいないお言葉です」

けれど腕を振りほどくようなことはしなかった。

「私が庭いじりを手伝うことはできませんが、庭師のところの若い者を何人か付けるようにいたしましょうか？」

優しい言葉だけれど、それを受け入れることはできなかった。

だって、ここでしかヨセフと『未来』の話をすることはできないのだもの。

「いいえ、それほどの広さがあるわけではないから、私とヨセフだけでいいわ」

「……そうですか」

夫人は頷き、「奥様、一応ご注意申し上げますが、召し使いとは腕を組むものではありませんよ」と静かに言った。

「たとえ人が見ていなくても、召し使いとは親しくしすぎてはいけません」

怒る、というほどの強さはなかったけれど。

「今は特別でございます」

でも彼女がすぐに笑ったから、その言葉にさほど重い意味があるとは思わなかった。

「これからは気を付けます」

と言う程度で。


ヨセフに頼む買い物は何かと、昼食後にラソール夫人に尋ねられたので、染めに使うための白い布地と、染めを定着させるための薬品だと答えた。

夫人は染め物に興味を持ってくれたのか、染め物にはどんなものが必要なのかと重ねて尋ねたので、私は細かく説明した。

大きな鍋《なべ》で草を煮て色を出すとか、色止めのために薬品を使うとか、ロウや糸を使って模様を作ることもできるのだとか。

草花を煮る時には随分と匂《にお》いがするので外でやることになるだろうと言うと、酷く匂うのかと心配そうに訊いた。

それから、鉱物でも染めができると言うと、それを含めた薬品などは夫人が揃えようと申し出てくれた。

侯爵家にお金を出してもらうと、後で売るのが申し訳ないと思うので、できあがったものは実家に贈るつもりだから自分で揃えたいと断ったのだが、夫人は聞き入れてくれなかった。

「奥様はもう既にシュローダー侯爵家の奥様でございます。当家が奥様の求めるものを揃えるのは当然のことですし、旦那様からもそのようにするようにと言われております。できあがった品物を奥様がどのように扱おうと、奥様のご自由でございますから、お気になさることはございません」

そう言われてしまうと固辞するのもおかしいので、お願いすることにした。

更にラソール夫人は何度も花壇に様子を見に来ては、今植えている苗は何という名前なのか、どんな色に染まるのかなどと訊いてきた。

最初はけげんそうにしていたのに、こうして興味を持ってもらえるのは嬉しい。

染め物をしたいというわけではなくても、自分のやっていることを否定されないというだけでも。

ただ、ヨセフと二人きりで話をする時間が減ってしまうのは寂しかった。

ラソール夫人がいるところでも会話することはできるのだが、駆け落ちのことは話題にできないし、話し方も堅苦しくなってしまう。

軽口を叩ける唯一の相手だったのに。

それでも、お姉様のことを話すことはできた。

「今頃何をしてらっしゃるかしら……」

「お手紙を書かれてはいかがですか？　きっとお喜びになりますよ」

「もう書いたわ。でも返事が来なくて心配なの」

そうなのだ。

結婚式の翌日に一通、その翌々日に一通と、二回手紙を書いたのだが、返事はまだ来ていなかった。

お姉様が私の手紙を無視するとは考えられない。とすると、返事を書けないほど忙しくしてらっしゃるのかしら。手紙がお姉様の手に渡らず、叔父様達が破り捨てているのかしら。切手を買うお金の余分がないのかしら、などと悪いことばかり考えてしまう。

「では、私が持参いたしましょうか？」

「ヨセフが届けに行ってくれるの？」

「奥様からのご命令であれば、喜んで参りますよ。私が直接、この目でミリア様のご様子を見て参りましょう」

彼の言葉には『私がそうしたいのです』という響きがあった。

「それはよろしゅうございますね。お姉様のことがご心配でしたら、直接確かめられるのが一番です。何でしたら菓子などを手土産にしてはいかがです？」

側にいたラソール夫人も、その意見に賛同した。

「まあお菓子を？」

「当家の料理長の作る焼き菓子は、ご婦人方に評判ですから、お姉様もお喜びになられるでしょう」

「素敵。それはいい考えだわ。持って行ってくれる、ヨセフ」

「はい。種蒔《たねま》きも、苗の植え替えも、雑草取りも終わりましたから、暫くは花壇も水やりだけで済むでしょう。私がいなくても大丈夫だと思いますし」

「ええ。ここは庭師に任せて大丈夫だと思いますわ」

ヨセフとラソール夫人と、二人に口を揃えて勧められ、私はその発案に飛びついた。

「私、すぐに手紙を書くわ。後を任せていい？」

「結構ですよ。ラソール夫人、奥様をお部屋へ」

「そうしましょう。さ、奥様」

ラソール夫人は本当によくしてくださるわ。

お姉様にお菓子だなんて。

ここで出されるお菓子は本当に美味《おい》しいもの、きっとお喜びになるわ。

ラソール夫人からは、更に私を喜ばせる提案があった。

花壇をヨセフに任せて屋敷へ戻る途中、彼女はこう言ったのだ。

「どうでしょう、奥様。花壇の作業は一段落しましたし、ヨセフも暫く留守にするのでしたら、私が旦那様のことをお教えいたしましょうか？」

「ギルロード様のこと？」

夫人はにっこりと笑った。

「お会いになってすぐにお式、お式が終わってからはすぐにお出掛けになられてしまいましたから、旦那様のことをよくお知りになることもできないままでしたでしょう。旦那様のお子様の頃や、亡くなられたエイマス様のことなど、直接旦那様にお訊きになりたかったことを、私がお教えいたしますわ」

「まあ……！　本当？　嬉しい。私、ギルロード様のことをもっと沢山知りたいと思っていたの」

それはとても喜ばしい提案で、私は手放しで喜んだ。

「よろしゅうございますとも。旦那様のお小さい頃のことから全てお教えいたしますわ」

ラソール夫人に、自分がいかにギルロード様を好きか、今日まで伝えることはできなかった。

でも夫人の方からそういう提案をしてもらえるならば、この気持ちを話す機会が持てるかもしれない。

そうしたら、誰かに言いたかった私の恋心を、ヨセフ以外に聞いてもらえる。

私がどうしたらギルロード様に好いてもらえるかも、夫人ならばアドバイスをくれるかもしれない。

「今日の午後は、お勉強を中止にして、まだ奥様がご覧になっていない離れなどもご案内いたしましょう。あちらは生活には使われておりませんが、旦那様やエイマス様の肖像画が飾られております。お小さい頃のお二人のものもございますのよ」

「ギルロード様のお小さい頃？」

「はい。お城にお勤めに出られていた時の、凛々しい姿もございます」

「お城にお勤め？」

「近衛《このえ》の騎士だったことがございますの。二年ほどですが」

「近衛の騎士」

全然知らなかったわ。

ギルロード様については知らないことばかりだけれど。

「奥様がお姉様へのお手紙をしたためている間に、料理長に菓子を頼んでおきましょう。今日の午後にはヨセフが旅立てるように準備いたします。彼は馬には乗れますか？」

「ええ、とても上手いわ」

夫人は何故か私の返事に唇を一瞬だけきゅっと引き結んだ。

もっとも、すぐに笑顔に戻ったが。

「では馬を貸し出してあげましょう。その方が早く着くでしょうし。ウォーカー伯爵家の様子を、こと細かく調べてくるようにとも、申し付けておきますわ。色々と問題のある方達のようですから、お姉様が心配でしょう？」

「ありがとう、ラソール夫人。みんな私のして欲しいことだわ」

私の感謝の言葉に、夫人は満足そうに頷いた。

「奥様はまだギルロード様のことをあまりよくご存じないでしょうが、お知りになればきっと旦那様のことが一番好きになりますわ。ええ、一番に」

今も既に好きよ、とはまだ言えなかった。

出会ったばかりで『好きになりました』と言っても、言葉に重みがない。言われたから付き合いで答えたように受け取られるのは嫌だった。

だって、この気持ちは本当だから。

「午後が楽しみだわ」

疑われるのは嫌だ、と強く思う程に。


離れの小さな館は、シュローダー侯爵家の博物館のようだった。

元々は隠居した先代の住居として造られたが、ここ三代は先代が早くに亡くなられたので使用されず、代々の肖像画や美術品を飾る場所となっているらしい。

そこに飾られていたギルロード様とエイマス様の肖像画は、とても対照的だった。

ギルロード様は椅子に座り、テーブルの上の開かれた本に手を置いた姿だったが、エイマス様は剣を持ち、鎧《よろい》に身を包んだ姿だった。

ラソール夫人が言うには、これは二人の性格の違いをよく表しているとのことだった。

お義兄様のエイマス様は、強健な方で、正しいと信じたことを行うことに躊躇《ちゅうちょ》がなく、侯爵家の繁栄を一番に考えていらした。

やり手で、そつのない方だったらしい。

一方のギルロード様は穏やかで、人と争うことを好まず、何かをする時には相手の考えにも耳を傾けるタイプらしい。

自分に正義があっても、その正義が他の者にもあてはまるかを確かめてから行動に移す、優しい方だということだった。

それはよくわかる。

私との結婚の話が出た時の彼のことを思い出せば。

結婚はしなくてはならない。けれど私の気持ちを確かめ、嫌ならば自分が断ったことにして破談にしてもよいと言ってくださった。

ちゃんと『私』のことを考えてくださったのだ。

性格の違う二人だったが、兄弟仲はよかったらしい。

それぞれ相手が自分とは違う考え方の人間だということを認め合ってもいた。

年齢からも、性格からも、エイマス様がこの家の跡継ぎであることは決まっていて、後継者問題もなかった。

先々代の侯爵、つまりお二人のお父様は二度結婚なさった。

最初の奥様は結婚してすぐに亡くなられ、二人目の奥様がお二人のお母様だ。

けれど二番目の奥様も、ギルロード様がまだお小さい頃に亡くなられてしまった。

侯爵は三番目の妻はもらわず、その後はずっとお一人で過ごされた。

「エイマス様はご結婚が遅くて、私共も随分やきもきいたしました。私が跡取りのことをどう考えていらっしゃるのかと申しますと、結婚できなかったらギルロードがいるなどとおっしゃいましてね。グランデン公爵がギルロード様が爵位を継いだ途端に結婚しろとうるさくおっしゃったのはそのせいもあると思うんですのよ。ギルロード様にはもう弟君がいらっしゃいませんから」

ラソール夫人は、そう言って肩を竦《すく》めた。

グランデン公爵の提案をあまり歓迎していないのかも。

後継者が決まっていたので、ギルロード様は侯爵になる以外の道を探す必要があり、王城に勤めることを決めた。

それまで絵を描いたり、穏やかな生活を送っていただけに、ラソール夫人としては驚いたようだが、騎士としてもとても優秀だったらしい。

「これがその時のお姿ですわ」

と見せられた絵は、鎧を纏って颯爽《さっそう》と馬に乗る姿だった。

今のギルロード様を年配だと思ってはいないのだが、絵の中のギルロード様はやはり今より若く、凜々しかった。

物語に描かれる騎士のようで、私はうっとりとその絵姿を眺めた。

今は落ち着いたご様子だけれど、お若い頃はどうだったのかしら？　その頃だったら、私など相手にされなかったかもしれないわね。

「二年間だけ、と言っていたけれど、どうして辞めてしまわれたの？」

「エイマス様がお怪我《けが》をなさったからですわ。足を骨折なさって、半年ほど動けなくなりましてね。その間領地を管理するお役を代行するために戻られたのです。お怪我の後、エイマス様はご結婚なさって……」

夫人はそこで言葉を切って、遠くを見つめた。

その頃のことを思い出すように。

「夫婦仲はとてもよろしかったのに、お子様ができなくて。奥様はそれを気に病んでいらっしゃいましたわ。でもエイマス様は気にしませんでした。いつかはその時が来るだろうと。でもその時が来る前に病で倒れられて……。ギルロード様はその時も王都からすぐに戻ってらっしゃいました」

「その時も王都にいらしたの？　前に戻ってらしたのに？」

「エイマス様がご結婚なさった時、新婚の家庭に自分は邪魔だろうと、王都のお屋敷に移られたのです」

「王都にお屋敷があるの？」

「ございますよ。今度連れていっていただくとよろしいでしょう。シュローダー侯爵家は代々議会の一員でした。もちろん、エイマス様も」

「ギルロード様は？」

「突然の代替わりでしたので、今は予備員として登録されております。次にどなたかが引退なさると、ギルロード様が議会の一員となります。そうなったら、王都にも多く足を運ぶことになられるでしょう」

「そうなったらここはどうなるのかしら？」

「そうですわね。それまでに誰か留守を頼めるような者を探しませんと。奥様にお子様ができても、旦那様の代わりをしていただくのはずっと先の話でございましょうから」

お子様、と言われてちょっと頬が熱くなる。

そうね。いつかはギルロード様のお子を産みたいわ。

でもまだ言われると恥ずかしい。

「ギルロード様は馬がお好きで、乗馬の腕前も素晴らしいのですよ。お若い頃には競技会にもお出になられたんですよ」

「まあ、見たかったわ。私、馬の競技会なんて見たことがないもの」

「奥様は馬は？」

言われて私は視線を落とした。

「私、ヨセフに乗せてもらったくらいで、一人で馬に乗ったことがないの。やっぱり侯爵夫人は馬に乗れなくてはだめなのかしら」

夫人の顔が曇るのを見ると、呆れられたみたいね。

でも彼女はそれを咎めるようなことはしなかった。

「それは丁度《ちょうど》よろしいですわ。旦那様が戻られたら、是非乗馬を習われるとよろしいですわ」

「私が？　乗馬を？　できるかしら？」

「もちろん。旦那様なら奥様を素晴らしい乗り手にしてくださいますよ。そうしたらお二人で遠乗りも行けますよ」

遠乗り。

ギルロード様と二人で。

言われた瞬間、轡《くつわ》を並べて走る私達の姿が思い浮かんだ。

それは素敵だわ。

「お望みでしたら、私から旦那様にお話ししておきましょう」

「是非！」

ラソール夫人は他にもギルロード様について色々教えてくれた。

読書が好き。

馬が好き。

絵を描くのが好き。

お酒も嗜むけれど、甘いものもお好き。

ご自分の瞳と同じ深い緑色がお好きで、お洋服も緑が多い。

落ち着いて、穏やかなご性格だけれど、芯はしっかりされていて頑《かたく》なところもある。

剣の腕前は素晴らしいけれど、戦いは嫌い。

何度も何度も、いかにギルロード様が素晴らしい方かを繰り返された。

そして私も、その話に何度も頷いた。

早くお戻りになられることを祈りながら。

戻られたら、二人でゆっくりとお話しできることを願いながら。


予定よりも長くなったギルロード様の領地巡回の前日、私はラソール夫人にお願いをしてみた。

「私、ギルロード様のためにケーキを焼きたいのだけれど、材料の用意をお願いできます？」

夕食後のお茶の席だったので、傍らにいたセバスチャンがそれを聞き付け、すぐに否定した。

「奥様が厨房《ちゅうぼう》に入られるなど、とんでもないことでございます。どうぞご遠慮ください」

けれど、ラソール夫人はそのセバスチャンの言葉を遮ってくれた。

「よろしいじゃありませんか。奥様が旦那様のためにお心を尽くされるなんて、素晴らしいですわ」

「庭いじりは旦那様がお許しになりましたが、厨房に入ることについての許可は聞いておりません」

「奥様のお望みは叶えるようにとは言われましたでしょう」

「それは……」

「私が責任を持ちます。奥様のお望みを叶えるように」

まだ何か言いたげだったセバスチャンを睨《にら》みつけ、夫人はきっぱりと言い切った。

この家でどちらの立場が上なのかはわからないけれど、今の勝負はラソール夫人の勝ちだったようだ。

セバスチャンが「好きになさいませ」と言って部屋を出て行ったから。

「ありがとう、ラソール夫人。私の我がままを聞いてくれて」

「いいえ。奥様が旦那様のために何かをなさりたいと思ってくださるのなら、私はいつでも奥様のお味方です。ただし、厨房には私と料理長も同席いたしますからね」

私が料理ができることを知らないのだから、その心配は当然だろう。

でも、私が料理ができることを知らないのに、ケーキを作ることを許してくれたのだ。

「ギルロード様が甘いものがお好きだというから、どうしても作ってさしあげたかったの。お仕事で疲れて戻られるから、きっと甘いものが欲しくなるかと思って」

「きっと喜ばれると思いますよ。ご実家で厨房に入られたことがあるのですね？」

「ええ。お料理もお菓子も作ったわ」

私の料理の腕を確かめるための質問だと思ったからそう答えたのだが、夫人は急に気遣うような表情になりぽつりと呟いた。

「……ご苦労なさってたんですねぇ。本当に」

そんな一悶着《ひともんちゃく》があって、迎えたギルロード様ご帰還の日、私は朝から厨房に入り彼のためのケーキを焼いた。

チーズとドライフルーツを使ったそれは、料理長が作ってくれる美しい飾りのついたケーキに比べると素朴なものだったけれど、味には自信があった。

試食した料理長とラソール夫人も、褒めてくれた。

「大変美味しゅうございます」

「ドライフルーツを焼き込む前にワインに浸しておくのは勉強になりますな。今度私も作ってみましょう」

自信はあったけれど、褒めてもらえると安堵《あんど》する。

「それじゃ、ギルロード様がお戻りになられたら、お茶と一緒にお出ししてね」

と頼んで、私はドレスに着替えた。

ラソール夫人お薦めの、深い緑のドレスに。

お母様のものだったドレスは、肩が大きく開いていてちょっと恥ずかしかったけれど、ラソール夫人が、正式なドレスはこのようなものだから、慣れるためにも着た方がよいというので頑張って着てみた。

午後。

お昼の食事が終わった後、セバスチャンがギルロード様のご帰宅を告げる。

「ただ今お戻りになりました」

という言葉を受けて、私はすぐに玄関先に向かった。

ギルロード様は既に玄関でマントを脱いでいるところだった。

もっと早くに知らせてもらえれば、まだ馬に乗った姿が見られたのにと思うと、少し残念だわ。

「お帰りなさいませ」

私の声に振り向いたギルロード様は、驚いた顔をしてから微笑まれた。

「これは、これは。奥様は少し見ない間に随分と美しくなったね。緑のドレスがよく似合っている」

たとえこれがお世辞であったとしても、嬉しい一言だわ。

「ありがとうございます。このドレスはラソール夫人が選んでくれたんです。お母様のものなんです」

「ドレスを褒めたのではないのだけれどね」

速足で奥へ進むギルロード様に付いて、私も奥へ向かう。

彼は奥の部屋へ入ると、どさりと椅子に腰を下ろした。

「お疲れさまでございました」

私も傍らの椅子にちょこんと座る。

「ああ。留守の間、退屈だったろう」

「いいえ。花壇を造っておりましたし、ラソール夫人からギルロード様のことを色々と伺っておりました」

「私のこと？　それは怖いな。何と言われたのだ？」

「ご兄弟の仲がとてもよろしかったことや、近衛の騎士として働いていたことですわ。それに、乗馬や剣がとてもお上手だとか」

「それほどでもないのだがね」

照れたように苦笑いする彼の顔が、どこか暗い。

いいえ、暗いのではないわ。これは疲れた顔だわ。

「あの……、酷くお疲れなのでは？　足湯をなさってはいかがでしょう？」

「ご婦人の前で？　失礼だろう」

「そんなことありませんわ。お仕事の疲れを癒《い》やすのに失礼だなんて。少しでもお楽になさった方がよろしいです」

ギルロード様はじっと私を見つめた。

「君は……、変わっているな。私の知っている女性とは全然違う」

また『変わっている』と言われてしまったわ。しかも今度はしみじみと。

「そんなに変わっていますでしょうか……？　昔、父もよく馬に乗って疲れると足湯を使いながら母と話をしていたものですから普通のことかと」

丁度その時、セバスチャンがお茶を運んで入ってきた。

「セバスチャン。足湯を持ってきてくれ。ここで使う」

セバスチャンは驚き、窺うような視線をギルロード様に向けた。

「ご婦人の前で、よろしいのですか？」

「奥様は許可してくださるそうだ」

「ではすぐに。お茶をお持ちいたしましたのでお二人でどうぞ。こちらの焼き菓子は奥様がお作りになりましたものでございます。ご賞味ください」

セバスチャンはギルロード様の近くにある小さなテーブルにお茶のセットを置くと、お湯を取りに出て行った。

「君はケーキも作るのか」

「……それもまた『変わっている』と言われてしまうことなのですね」

「変わっているな。貴族の令嬢は厨房には入らぬものだ」

彼はブーツを脱ぎながら言った。

「誰も反対しなかったのか？」

「セバスチャンには侯爵夫人が厨房に入るものではないと注意されました」

「だろうな」

「でも、ラソール夫人が、旦那様のためならばよいのではないかと口添えしてくれて」

言ってる間に、ギルロード様がケーキを口に運ぶ。

料理長やラソール夫人は褒めてくれたけれど、ギルロード様のお口には合うかしら？

ドキドキしながら見ていると、彼は一口頬張って「美味しいな」と言ってくれた。

「初めて作った味ではないようだが、君は実家で料理をしていたのかい？」

「はい、時々。うちは使用人が少なかったので」

「ウォーカー伯爵家の窮状は聞いていたが、そんなことまでしていたのか」

湯桶《ゆおけ》は、セバスチャンではなく、召し使いの一人が持ってきた。

彼は無言のまま器用にギルロード様のズボンの裾を捲り湯桶に足を浸させると、来た時と同じように無言のまま部屋を出て行った。

「エレイン、椅子を持ってこちらへおいで。君のご両親に倣って、少し話をしよう。他の女性とは違う君に、少し興味が湧いた」

少し……。

でもいいわ。ギルロード様は義務で誰でもいいから結婚しようとしていたのだもの。少しでも私に興味を持ってくださったのなら、その先もあるはずよ。

私は自分の座っていた椅子を引き寄せ、彼の近くに持って行った。

「ウォーカー伯爵家の窮状は知っていたが、令嬢が料理をしなければならないほど貧しかったのかい？」

正直に言っていいのだろうか？

戸惑っていると、彼は静かに言った。

「何を聞いても、私は君と離縁するつもりはないから安心しなさい。ただ親戚となった以上、その家の実情は知らなければならないというだけだ」

ギルロード様の言う通りだわ。

ウォーカー伯爵家はもうギルロード様にとって他人じゃないのだ。事実をきちんとお話ししなくては。

「伯爵家は、貧しいというほどではありません。体面を保つだけの収入はあると思います。けれどお金は叔父様達が管理しているので、私達が、私と姉が使えるお金は僅かなのです。ですから、お食事はちゃんとさせていただいておりますが、甘い物はあまり口にすることができませんでした」

ギルロード様は真剣な顔で私のことをじっと見つめながら、話を聞いてくれた。

「それで私と姉は、自分達でお金を稼ごうと、染め物を始めたんです」

「染め物は趣味ではないのか？」

「染め物は好きです。人の役に立つことが私の望みです」

「何故？」

「両親が亡くなった時、私は幼くて何もできませんでした。年の離れていない姉は、大人達の相手をしなければならなかったのに。領地が貧しくなり、領民が苦しんでいることを知っても、やはり同じです。でも、染め物をして働くことができたら、少しは人の役に立ちました。それに、染め物は楽しいです。色んな変化があって」

「人の役に、か……。だが金を得る手段でもあった。ウォーカー伯爵がそうしろと言ったのか？　自分で働いて稼げ、と」

「いいえ。教えてくれたのはメイドです。昔から勤めていた年配の者で、彼女が染色をしていたんです。それでやり方なんかを教えてくれて。最初は出来合いのお菓子を買っていたんですけれど、高いからいっそ自分達で作ろうということになって、メイド達に教えてもらいました」

「料理人はいなかったのか？」

「おりましたが、彼等は仕事で忙しいですから。メイドは一緒に作ったものを分け合っていたので、仕事の時間以外に付き合ってくれました」

最初は微笑んで聞いていたギルロード様の表情が、だんだんと真顔になってくる。

深い緑の瞳で真っすぐに見つめられると、緊張した。自分の喋っていることが、彼を不快にさせているのではないかと。

「そういえばラソール夫人から聞いたのだが、新しいドレスを作っていないそうだね」

「母のがありますので、それで十分かと」

「支度金は、やはり叔父さんが取り上げた？」

「半分は姉の持参金に使うようにとお願いしてきました。ええと……、勝手に使い道を変えてしまって申し訳ないとは思ったのですが、こちらへ伺って、こちらの家には何もかも揃っているから、私が支度するものは何もないかと思いまして」

身を縮めて彼の様子を窺う。

怒られるかしら？

「君が、ウォーカー伯爵家でどんなふうに過ごしていたか、もっと教えてくれないか。ラソール夫人に私のことを聞いたのだろう？　だったら今度はエレインが私に君のことを教えてくれ。正直に」

でも彼の口から出てきたのは、想像していない質問だった。

私のことを知りたいなんて、興味が『少し』ではなくなったのかしら？　だとしたら嬉しいのだけれど。

私は乞《こ》われるまま、自分のことを話した。

両親が生きていた頃は、メイドも多くいたし、乳母もいた。

けれど両親が亡くなり、叔父様達が我が家にやってきて、火事で領地の大半を失った伯爵家はあまり豊かな生活は望めないと言われたこと。

それが事実であることは、自分達にもわかった。

だから使用人は半分になってしまっても、私やお姉様が自分のことは自分でするようにと言われても、黙って受け入れた。

新しいドレスを作ることはなく、お姉様はお母様の、私はお姉様のお下がりを着るようになり、お直しも自分達でやるようになった。

ウォーカー伯爵家は名門であり、ウォーカー伯爵家の体面を保つことは亡き両親の名誉を保つことに繋がる。だから全てにおいてそれを優先させると言われた。

けれど私やお姉様はいつか他家に嫁ぐ。つまり『ウォーカー伯爵家』とは叔父様達一家のことなのだ。

私とお姉様にそれぞれついていた家庭教師はお姉様だけになり、私の勉強はお姉様が見てくださった。

パーティに出なければならない時は、ドレスなどの揃えがもったいないからと、お姉様だけが出席し、私は留守番。

でも私はそんなにパーティに興味はなかったので、別に苦にはならなかった。

ただ、ほんの少し華やかなパーティというものに憧れはあったけれど。

悲しかったのは、お金がないからという理由で叔母様がお母様のものを売り始めた時だった。

宝石などを使われるのはかまわない。

叔父様達が言うように、もう『ウォーカー伯爵家』は叔父様達のことなのだから。女主人は叔母様なのだから。

けれど思い出を売られてしまうのは辛かった。

だから、今回の嫁入り道具でお母様の持ち物を持って行くように言われた時は、ほっとした。

「苦労したんだね」

「苦労？　いいえ、ちっとも。私は好きなことばかりしてきましたしお姉様とも仲良く暮らしていました。叔父様達に少しの不満はありますが、不満が一つもない人生などないでしょう？　今はこうしてギルロード様の奥様になれて、とても幸せです」

「両親の不幸も、親戚の迫害も、突然の貧困も、貴族の令嬢らしからぬ生活も、苦労と言わないのか」

彼は遠くを見るような目で私を見た。

それはまるで私の向こうにいる誰かを見ているようだった。

「君は変わっている。私の知っている女性とは違う。私が君を選んだのは、マール伯爵の勧めだったからだけじゃない。両親の死後、親戚に家を乗っ取られ、辛い生活を強いられている娘だったからだ。そういう娘なら、貧しい家から逃げ出すために愛のない結婚を受け入れるだろう。爵位と財産を手に入れられれば幸福だと思ってくれるだろう。そんな女性ならば、贅沢《ぜいたく》という報酬を与えればいいのだと思っていた」

彼は腕を伸ばして、私をそっと抱き寄せた。

「君が欲しいものは贅沢ではないのだね。ドレスや宝石や、人々に誉《ほ》めそやされることでもない」

温かい腕。

懺悔《ざんげ》のような響きを持つ言葉。

「君は私の『結婚しなければならない理由』を知っている。私の役に立ちたくて結婚を受けたのかな。いずれにせよ、君の望みは金でも地位でもない。これからは、ここで何でもするといい。庭いじりでも、料理でも、裁縫でも。侯爵夫人らしからぬことであっても、君の自由にしていい。それを許すことが、この結婚に対する君の報酬だ」

「報酬だなんて言わないでください。私はギルロード様の奥様になれて幸せだと言ったではありませんか」

報酬が欲しくて結婚したのではありません。

一目でギルロード様が好きになったからです。

「そうだな。君はまだ純粋な子だ」

「私は子供じゃありませんわ」

むくれて異を唱える。

もう夫婦の夜を過ごしたのに、今更子供扱いなどしないで、と。

「すてきな女性だということだよ。私との結婚すら『幸せ』と言ってくれる君を妻にしてよかった」

私を抱いていた腕が離れ、感じていた彼の温《ぬく》もりも消える。

「夫として、妻である君を甘やかすことにしよう。それは悪くない役割だ」

でも離れたギルロード様は優しく微笑んでいた。

だから、私も微笑み返した。

「それなら、私、お願いがあります」

「何だね？」

「是非乗馬を教えてください。それと、ギルロード様が馬に乗っているお姿を拝見させてください」

「お安い御用だ」

『妻』と呼ばれることに喜んで。

この時、彼が何を思っていたかなど、考えもせずに。


『夫として、妻である君を甘やかすことにしよう』という言葉通り、翌日から彼は私の相手をしてくれた。

「湖畔の領地のことが片付いたので、暫くは家で書類と向き合うのが仕事だ。君の望みを叶える時間はあるよ」

と言って。

最初は乗馬。

けれど残念なことに、私には乗馬の才能はなかったようだ。

まず馬の上に乗ることができない。

調教師やギルロード様の手を借りてやっと上に乗っても、ちっとも言うことを聞いてくれない。

やっと歩きだしてくれたかと思ったら、途中で止まってしまったり、勝手な方向へ進んだり、言うことを聞く気がないようだ。

「無理に乗らなくてもいいよ」

「でも、私ギルロード様と遠乗りに行きたいんです。領地巡回にもついて行きたいし」

馬にしがみついて訴える私を、彼は笑った。

「遠乗りをする時には、私の馬に乗せてあげよう。領地巡回の時には馬車に乗ればいい」

私が馬に乗れないことを喜ぶように。

「普通のお嬢様はこんなもんですよ。あの方が珍しいくらいです」

調教師も笑いをかみ殺しながら言った。

あの方って、お義姉様のことかしら？

「エバンス、彼女は『お嬢様』じゃない。『奥様』だ」

ギルロードが強く調教師を窘《たしな》めたので、調教師のエバンスは被《かぶ》っていた帽子を脱いで慌てた様子で頭を下げた。

「申し訳ございません、旦那様」

私としては、そんなに気にするようなことではなかったのだけれど、彼には重要なことらしい。

でもすぐに笑顔を見せてくれたから、怒っているというわけではないようね。

男の人の顔から笑顔が消えると、『怒っているのかしら？』と考えてしまうのは悪い癖だわ。

免疫がないから仕方がないのだけれど。

私が緊張しているのを見ると、ギルロード様は優しく私を抱き下ろしてくれた。

「そんな顔をしなくてもいい。私が乗せてあげるから」

そう言うと、彼は調教師に自分の馬を引いてこさせ、ひらりと跨《また》がった。

「さ、おいで」

エバンスの手を借りて彼の前に跨がると、手綱《たづな》を取る彼の腕が私を包む。

「しっかり摑まっておいで」

最初は並足で。私が怖がらないとわかるとだんだんと速足に。

やがて風を切るように疾走を始める。

「すごいわ、風になったみたい！」

髪を編んでおけばよかったわ。風で流れて、顔にかかってしまう。

ギルロード様にも迷惑ではないかと、右手でくるくるっと捩った。そのせいで僅かにバランスを崩して彼にもたれかかってしまう。

「あ、すみません」

「気にしなくていい。乗馬は気に入った？」

彼の声が耳元で響く。

「はい、とても」

「ではいつか馬場ではなく森に連れていってあげよう」

「それまでには一人で馬に乗れるようにエバンスに習っておきます」

相乗りで彼の腕や声を感じるのもいいけれど、馬に乗っている彼の姿も見たいもの。

「私が乗せてあげるのに？」

「何でも自分でできるようになりたいんです。乗せていただくのも素敵ですけれど、ギルロード様と轡を並べて走るのも素敵だと思いますもの」

「では森に行くのは、エレインが一人で馬に乗って走れるようになったら、だな。暫く遠出はできないから、丁度いい」

「お仕事、やっぱりお忙しいんですか？」

「そうではない。あまり遊びに興じる姿を見せられないというだけだ。喪中だからね。あと三ヵ月くらいは我慢しておくれ」

「はい、もちろん」

私を乗せて馬場を何周かした後、彼は一人で馬を走らせた。

私が乗っていた時はまだ加減していたのだろう。前傾で馬と一体になって走る姿は、軍神のようだった。

なびく髪。

端整な横顔。

いつもの穏やかな彼とは少し違う、輝く瞳。

彼を見ているだけで時間があっという間に過ぎてしまう。

翌日は、午後に彼の書斎で彼の仕事を見せていただいた。

領地のことはラソール夫人から学んでいたので大体のことはわかっていたが、実際に彼がどんな仕事をしているのか知りたかったのだ。

お母様は、お父様のお仕事の話をよくご存じだった。

一緒に領地を回られるくらい。

自分の理想は両親のあの姿だ。

子供だから、女だからと役にも立たず甘えていたくはない。自分にできることは何でもしたい。

私の両親の話は、ギルロード様も喜んで聞いてくれた。

「父は、人の暮らしに必要なのは暖かな家と食事だと言っていました。それと、病気になった時の不安を取り除くことだと。父はそれを政治で行っていました。道を整備したり、偉い学者の先生を呼んで、作物の育成について学ばせたり、旅人のための宿を建てたり。でもそれが実るには時間がかかるから、母は今すぐに領民を満たすために慰問などをしておりました」

「つくづく、君のご両親には存命中にお会いしたかったたな。私が手本とするべき人物だったようだ」

両親のことを褒められると、とても嬉しくて、沢山、沢山話をした。

お父様が何をしたかに、ギルロード様はとても興味を持っていて、途中からは色々とメモを取られていた。

そしてそのことを覚えている私のことも褒めてくれた。

「幼いのに、よく父の仕事を見ていたのだね。普通は遊びに興じて親のことなど気に掛けぬものだろうに」

「好きだったからです。ただ、両親が好きだったので、何をしているのか興味があっただけですわ」

「君は何でも『好き』なんだな」

「好きなことはいっぱいあった方が嬉しくありません？」

「好きなものは失った時が辛いだろう。好きなことが多ければ多いほど、失って辛いと感じるものが多いということになる」

「でも失うことを恐れて好きなものを作らないのはつまらないことですわ」

「君はまだ若く、失ったことがないからそう言うのだろう」

「私……」

私が俯《うつむ》くと、彼はハッとした様子ですぐに謝罪した。

「すまなかった。一番大好きな両親を失った君に言う言葉ではなかったな」

「いいえ。ギルロード様はご両親を亡くされた上に、お兄様もお亡くなりになったばかりですもの。お辛い気持ちはわかります」

彼に悪気はないのだ。

まだ今は、お辛い気持ちでいっぱいなのだろう。

「好きなものを失ったら、また他の好きなものを探します。失った好きなものだって、思い出として残ります。だから好きは増えてゆくだけなんです」

「……君は強いな」

「でもギルロード様がお兄様をお好きだった気持ちが消えないのなら、『好き』が減ることはありませんわ」

「消さなければならないものもある」

「それはどんな……？」

彼は答えをくれなかった。

「ところで、今から帳簿をつけるのだが、エレインは帳簿を見たことがあるかい？」

「はい。少しならつけることができます。私も姉も、叔父を手伝っていましたから」

「優秀だな。ではこれがわかるかな?」

手元にあった帳簿を私に向かって差し出した時、彼が『好き』の話題を終わらせたいのだと察した。

何があったのかわからないけれど、彼には忘れてしまいたい『好き』があるのだ。

今まで、この方が落ち着いていて、どこか寂しささえ漂わせているのを自分よりも大人だからなのだと思っていた。

けれどそうではないのかも。彼の中にある悲しみが、今もその胸の奥にあって消えることがないからなのかもしれない。

だとしたら、私はその悲しみを癒やしてあげたい。

大したことができるわけではないけれど、日増しに大きくなってゆく、私の心の中のギルロード様に対する『好き』の何分の一でもいいから、私を好きになっていただけるように努力したい。

あの、馬に乗っている時の楽しそうなお顔を、いつもしていただきたい。

だから、私は話題を戻そうとはしなかった。

「ここのところがよくわかりません。どうして原価が急に増えるのでしょう?」

「ああ、これは輸送コストが加算されているのだ。こちらにあるだろう」

「輸送のお金は別に書くのですね。うちでは人件費に入っていました。労働者を雇って、色々仕事をさせていたので」

その後もずっと、もう彼とは仕事の話しかしなかった。

「正直、侯爵夫人の地位目当ての娘が来るのだろうと思ってましたの。どうせ贅沢に溺《おぼ》れる娘だろうと。でも奥様は違いましたわ。少し貴族の奥方としては変わったところはおありですが、堅実でお子様のように純粋な方です。私はお相手がエレイン様で本当によかったと思っております。旦那様も、それはもう奥様のことを気に入ってらっしゃいますよ」

朝の支度を手伝いながら、ラソール夫人は上機嫌で言った。

「昨夜も、エレインは頭がよくて芯の強い女性だと褒めてらっしゃいましたもの。それに、奥様のことを語る時にはいつも笑顔で」

どうやらラソール夫人は私とギルロード様が仲睦《なかむつ》まじい夫婦になることを推奨しているようだった。

私としてはとてもありがたいこと。

「ギルロード様は少しは私を好きになってくださったかしら？」

「もちろんですとも。奥様とお話しするのはとても楽しいとおっしゃってました。引き継ぎのお仕事やらお付き合いが終わられたら、一緒にどこかへ連れていってあげたいともおっしゃってましたわ」

「本当?」

「ええ。ですからまた新しいドレスをお作りにならないと、それに乗馬服も」

「もう先日作っていただいたわ」

「まだ足りませんよ」

甘やかす宣言の後、ギルロード様はお時間をとってくださるだけでなく、私に色んなものを買い与えてもくれた。

選んでくれたのはラソール夫人だけれど。

新しいドレスに、新しい装飾品に、新しい靴。乗馬用の道具も一揃《ひとそろ》い。

本や勉強がしたいと言うと、山ほどの本と新しい家庭教師を雇ってくれた。大抵のことはラソール夫人が教えてくれるのに。

部屋もスミレの意匠はお義姉様の好みだから、私の好きに変えていいと言ってくれたけれど、私はスミレが好きだったのでそのままにしてもらっている。

物を与えるだけでなく、私と一緒に過ごす時間も増やしてくれた。

乗馬は私がヘタすぎるので、まだ教師はエバンスだったけれど、彼は時折やってきてアドバイスをくれたり、自分で馬を走らせたりした。

彼の乗馬を見るのは好きなので、相手にされなくても楽しい時間だった。

馬に乗るギルロード様はとても楽しそうだし、何よりその姿がうっとりするほど格好よかったから。

仕事が忙しくない時には、書斎に呼んでもらえた。

お父様がどんなふうに統治を行っていたかに興味を持ち、その話を聞きたがった。

特に病院と街路樹のことを。

それから私に領地のことを色々と教えてくださった。

いつか領地の見回りについてくるつもりならば、ちゃんと知っておいた方がいいだろうと。

ただし、彼のしていることを自分ができると思ってはいけない、と注意はされた。

意見は聞くけれど、領地を統括するのは夫の役目なのだから、と。

食事が一緒なのは当然だけれど、お茶の時間も共に過ごしてくれる。

やっと芽が出たばかりの私の花壇にも、足を運んでくれた。

苗を植えた方はもう根付いていたが、どちらもまだ花をつけていない殺風景な花壇だったのに、よく手入れがされていると褒めてくれた。

だから、ここの草花で一番最初に染めた布で、ギルロード様に何か贈ろうと決めた。

きっと喜んでくださるだろう。

ヨセフもその場にいて、彼が去ってから優しい旦那様でよかったですね、と言ってくれた。

ヨセフといえば、そろそろまたお姉様の様子を見に行ってもらおうかしら?

手紙は、ヨセフが叔父様達に『姉妹仲が親密であるとアピールすれば、よい家を紹介してくださいますよ』と囁いたお陰で、きちんと返事が届くようになった。

でも、私がギルロード様のお姿を見てこんなに嬉しいのだから、愛し合っているお二人が会えればもっと嬉しいだろう。

「さ、よろしいですよ、奥様」

着替えを終えて、朝食の席へ向かう。

そこにはギルロード様が待っていらした。

寝室は一緒なのだけれど、朝の支度はそれぞれの部屋で行うため、食卓につくタイミングは別々なのだ。

「今日の予定はどうするんだい?」

私が席に着くと、彼が尋ねた。

これは毎朝の質問。

「午前中はいつも通り花壇を見ます。午後はギルロード様にお任せしますわ。家庭教師の先生は明日ですし」

「では今日はダンスをしようか。君がどれだけ踊れるかをまだ確かめていないから」

「お姉様からは『まあまあ』と言われました。でも男性と組んで踊ったことがないので、どの程度のまあまあかは……」

「男性と組んで踊らずにどうやってダンスを？」

「お姉様が男性の役を。それでお姉様のドレスの裾を踏んだことがあるので『まあまあ』だと」

ギルロード様は笑った。

最近はよく笑ってくださる。その笑顔が、以前よりずっと明るいもののように思える。最近気づいたのだけれど、彼が本当に笑う時には口元に小さな皺ができるのだ。きっとそれを本人に言うと『年だから』と気にしてしまうだろうから言わないけど。

私は、その皺が好きだった。

もっと見たいと思っていた。

「安心しなさい。大抵の殿方はドレスを着ないから、裾を踏む心配もない。だが不安はあるから少し相手をしてもらおう。それで『まあまあ』より下だったら、ダンスの教師を付けることにしよう」

「はい」

教師なんだ。

ギルロード様から習いたいのに。

「もうそろそろ、あまり晴れやかな席でなければ顔を出してもよいと思っているから、その準備もしないとね」

和やかに進む食事。

食事が終わったら、私は花壇、彼は仕事。

だから一生懸命に話をする。

少しでも好かれるように。

でも、どうしたら好きになってもらえるのかがわからない。

彼が私を甘やかすのは、私が好きだからではないのだ。自分と結婚してくれた相手に対する報酬だと思っているのだ。

わかって欲しい。

私は甘やかされなくていいから、好きになって欲しいのだ、ということを。

もう何度も彼に『好き』と言っているけれど、言葉では届かない。彼は、嬉しいと皺のできない笑顔を見せるだけ。

女の人は男の人を籠絡《ろうらく》する時には色気で落とすのだと聞いたことがあるけれど、子供っぽい私ではそれは無理だろう。

夫婦なのに、ベッドで抱いてくれたのも初夜の時だけだった。

でも、距離は縮まっていると思う。

もっともっと近づいて、もっともっと好きになってもらいたい。

それにはどれだけ時間がかかるのだろう。

後でヨセフに訊いてみようかしら？

「どうした？　ぼうっとして」

「あ、いえ。花壇のことを考えていて。まだ育っていないのですが、先に染め物をしようかしらと」

どうしたらあなたに好きになってもらえるのかを考えてました、とは言えないので思わずごまかしてしまう。

「まだ育っていないのに？」

「ラソール夫人が染料を揃えてくれたので、それでやります。染料で染めたことはあまりないのですが、そっちの方が簡単そうなので」

「それはきっと君に苦労をさせたくなくてそうしたんだろうな」

「まあ、そうなんですか？」

「彼女は、君が気に入っているようだ。君の方が私にはよいと考えているのだろう」

「私の方が？」

ふっ、と彼の顔から笑みが消え、また戻る。でも戻ったのは皺のできない笑顔だった。

「高慢な貴族の令嬢より、君の素朴さの方が、ということさ」

変な感じだわ。

さっきはラソール夫人がギルロード様が私を気に入っていると言い、今度はギルロード様がラソール夫人が私を気に入っていると言う。

ギルロード様が私を愛しているわけではないのに、どうしても私をここに残しておきたいような、そんな印象を受けた。

……考えすぎね。

もしそうだとしても、最初に言われたじゃない。体面があるから離婚はしない、と。私が離婚したいと言い出さないために私の機嫌を取っているのかも。

私を引き留めるために『君が好きだからここにいて欲しい』と言わないギルロード様は正直ね。愛情を道具にはしないのだもの。

この方はずっとそう。

偽りを口にはしない。

「では、午後のダンスを楽しみにしているよ」

「私もです」

だからこそ、彼が私を心から『好き』と言ってくれる日が待ち遠しかった。

どうしたらギルロード様はもっと私を好きになってくださると思う？

どうせ軽く流されるとわかっていても、他に男の人の気持ちを訊く人がいないから、ヨセフに相談するつもりで一人廊下を歩いていると、向こうからやってくるヨセフの姿が見えた。

彼の方も私に気が付き、手にしていた紙をひらひらと振った。

「お手紙でございますよ、奥様」

それだけですぐにわかった。

「お姉様ね」

私はヨセフに駆け寄り、すぐに封筒を受け取った。

「後でお読みになりますか？」

訊いてくるヨセフの顔に『自分も中身を知りたい』と書いてある。

お姉様が直接ヨセフに手紙を書くことはできないので、手紙の中にはいつも彼宛《あ》てのものも入っている。

ヨセフはそれが欲しいのだ。

「いいわ、ここで開いてあげる」

私はその場で封を切った。

「あら？」

いつも入っているヨセフ宛ての小さな封筒が入っていない。

あったのは便せんが一枚だけ。

「一枚？」

家の様子や日々の生活など、いつもは便せんに何枚も書き綴ってくださるのに。

便せんが手に入らなかったのかしら？　それなら今度レターセットを贈らないと。

「……ヨセフ、大変」

だがそんなのんきな考えは、文面を一目見ただけで消し飛んでしまった。

「奥様？」

「お姉様に縁談が来たんですって……」

「……何ですって？　ちょっとこちらへ」

ヨセフは私の腕を取ると、近くの部屋へ引っ張りこんだ。

「どういうことです。その手紙を見せてください」

乞われるまま、私は便せんを彼に渡した。

そこには、叔父様が縁談を決めてきてしまった。近々見合いの相手が家に来ることになっている。どうしたらいいのか、というようなことが書いてあった。

「相手が誰だかまでは書いてませんね」

「教えられていないのかも。でも、叔父様が決めた相手がどんなに素晴らしい人だとしても、話を進めるわけにはいかないわ」

「当然です」

ヨセフはきっぱりと言い切った。

お姉様にしても、助けを求める手紙をくれたということは、この結婚を望んでいないということ。

「何とかしないと……」

ギルロード様との距離が縮んでゆくことに浮かれて、お姉様のことを後回しにしていた自分を後悔した。

どうして私はもっと早くお姉様をここに呼び寄せる算段をつけておかなかったのだろう。ヨセフと、もっと先のことを話し合うべきだった。

「エレイン様、私は今夜発《た》ちます」

「ヨセフ?」

「もう一刻の猶予もありません。駆け落ちを決行します」

「ヨセフ!」

彼は読んでいた便せんを私に返して、部屋の外へ出た。

「待って、ヨセフ。駆け落ちなんて無理よ」

慌てて手紙をポケットにしまって後を追い、彼の腕を摑んで止める。

「無理なことはないでしょう。前々からの計画です」

「それはそうだけど、今夜突然なんて」

「もう我慢ができないんです。今までだって我慢してきた。これ以上我慢する理由が見つかりません。……愛しているんです」

やっぱりずっとお姉様に会いたかったのだわ。

私ったら、全然ヨセフの気持ちに気づかなくて……。

拳を握って俯き、震えるヨセフの姿。

こんな彼を、初めて見た。私にとっては、ずっと厳しいお兄さんだったのに。

「ごめんなさい、ヨセフ」

私はそっと彼を抱き締めた。

「でも今夜は早いわ。いいえ、今夜行くにしても、準備は必要よ。花壇に行きましょう。ここでは詳しい話ができないから、あそこで二人で話しましょう」

「エレイン様……」

「こっそりと出て行くのでしょう？　どこへ行くのかと尋ねられたりしたら困るわ。みんながら寝静まってから部屋を出られる？」

「はい」

抱いていた腕を離し、彼の背に回す。

まるで彼の方が年下のよう。

「夜では馬車も使えないし、馬に乗れば盗みと言われるでしょう。歩いて逃げるなら、靴とか動きやすい服を用意しないと。行き先は決まっているの？」

「いいえ。暫くはどこかの宿に泊まることになるかと」

「それなら着替えも必要ね。男の人が考えるより、女は色んな支度が必要なものなのよ」

建物から出ると、午前の日差しは明るく、空には小さな雲が一つ、浮かんでいるだけだった。

「きっと、……いいえ、絶対に連絡を頂戴《ちょうだい》ね。私は二人とも大好きなんだから」

「もちろんです」

「お姉様は荷物を持ち出せないから、そういうものはみんな私が用意して渡します。侯爵家からいただいたものは渡せないけれど、幸い家から持ってきたものがいっぱいあるから、大丈夫よ。あれはみんなお姉様のものでもあるんだから」

ヨセフと二人で育ててきた花壇は、もう随分と育っていた。

でも明日からは、私一人で育てることになるんだわ。

「ここの近くの宿にします。到着したら、ミリア様を置いて、一度こちらに顔を出します。シュローダー家の者には親戚が急病だったと。それでそちらの方へ行くから暇を戴くということにします」

「ええ、それがいいわ。突然行方不明になるより、ちゃんと辞めた方がお給金も出るでしょうし」

「お金は大切、ですか?」

ヨセフはやっと笑った。

いつもの、冷静な彼の顔だ。

「そうよ。ご飯を食べるのにはお金が必要だって、教えてくれたでしょう?」

「そうですね……。少し落ち着いてきました。私が持って行けるのは小さなカバン一つでしょう。ミリア様にお渡しになりたいものはそれで収めてください。今夜はこっそり出ますが、一度戻ってくるので、その時にまた必要なものは受け取ります」

「お金は?」

「今まで働いて貯《た》めたお金がありますから、ご心配なく。今夜伯爵家に行って、ミリア様を連れ出します。あの家のことでわからないことはないですから、上手く行くでしょう。離れたところまで歩いてから馬車に乗ります。お嬢様の足では、ここまで歩くのは無理ですから」

きびきびとした様子で予定を教えてくれるヨセフには、もう先程の動揺は見られなかった。

もう大丈夫ね。このヨセフなら、きっと全て上手くやってくれるだろう。

「馬車を拾えるかしら？」

「こちらから行く時に雇います。伯爵家に近いところで雇うと足がつきますので」

「いつこちらに顔を出してくれるの？」

「明後日《あさって》の昼ぐらいには」

「お姉様とはいつ会えるかしら……」

「落ち着く先が見つかったら、手紙を送ります。ですが、お会いするのは暫く無理でしょう。きっと叔父様達はこちらにも様子を見にくると思いますから。エレイン様は、その時初めて知ったというお芝居をするんですよ？」

「わかってるわ。そうでないとギルロード様にもご迷惑がかかるもの」

私達は花壇の端に置かれたベンチに並んで座り、ずっと今夜のこと、これからのことを話し合った。

いつかの、遠い『未来』の話だったことが、今夜の出来事になる。

それはとても不思議な感覚だった。

でもヨセフにとっては遠い未来ではなかったのだわ。彼の語ることは全て計画的で、現実味のあることばかりだった。

ずっと考えてきたのだわ。

私が二人のことを知るより以前から。

二人それぞれ、安定した勤め先や家族、長年育った家を捨てても、この人と共に生きたいと考えて、この答えを出してからずっと。

「……恋愛って、成就するまでは色々あるだろうとは思っていたけれど、本人達が愛し合っていても問題が山積みなのね」

ため息をついて零すと、ヨセフは笑った。

「恋愛するのが怖くなりましたか？」

「いいえ、そうじゃないの。それを乗り越える二人に憧れるなと思って。私にはそんな勇気はないもの」

子供だと言われるのは嫌なのに、やっぱり子供なのかしらと自覚する。

私は好きになった人に、『好きになって』と言い出すことすらできないのに。

「いつか、エレイン様にもそんな時が訪れるかもしれませんよ？　情熱的に誰かを愛する時が」

「私が？」

「先のことは誰にもわかりませんから。ギルロード様に恋してらっしゃるのでしょう？」

と言われても、やはり私達の間にお姉様達のような情熱はない気がする。

……でもそうね、先のことはわからないわ。

そう思うことにしましょう。

「エレイン様、いつもより少し早いですが、今日はここまでにしましょう。私は夜の準備がありますので」

「ええ。気を付けて。後でお姉様へのお手紙を渡すわ」

「では、お別れの挨拶はその時に」

ヨセフは先にベンチから立ち上がり、恭《うやうや》しく私に頭を下げた。

お別れの挨拶は後でと言ったのに、これが最後でもあるかのように。

彼が去ってゆく後ろ姿を見送りながら、様々な思い出が走馬灯のように浮かび上がる。

まだ私が小さかった時、彼もまだ少年でお仕着せの召し使いの服を着て私やお姉様の相手をしてくれた頃から、大人になって厳しくなった姿や、叔父様達の理不尽な扱いからさりげなくかばってくれたことまで。

兄のようだった。

彼と離れるのは寂しいけれど、これからは本当のお義兄様になるのだ。

「寂しくなんかないわ。これから家族が増えるのよ」

しんみりとする気持ちを奮い起こして、私も立ち上がった。

お姉様に渡す荷物を作って、手紙を書かなくてはと。

早めに部屋へ戻ってまずはお姉様に渡す荷物を詰める。

お姉様自身がお持ちになる荷物もあるだろうから、あまり大きくはできないわ。必要最小限でないと。

でも適当な大きさの鞄《かばん》を見つけるまでに時間がかかってしまった。

女性用の鞄で、手持ちの大きな鞄なんてないのだもの。

飾りがなく、ヨセフが持って歩いておかしくなくて、なるべくいっぱい入るもの。

結局色々考えて、染色用の薬瓶を入れて持ち運ぶ布の袋にすることにした。

上を閉じることができないのが難点だけれど、それは上から布をかけておけばいいわ。

ドレスなどは入れられないので、お母様の使っていた櫛《くし》や髪飾り、手鏡は必要よね。それから、僅かだけれど家から持ってきた金貨。

後は何を入れるべきか悩んでいる間に、ラソール夫人が昼食だと呼びに来てしまった。

「今日は早く切り上げたんですのね」

部屋にいた私を訝しむような視線。

「今日はすることがなかったの。花壇は順調だし」

嘘をつくのは心苦しいけれど、こればかりは仕方がない。

「お着替えをいたしましょう。それは作業用のドレスですから」

「ええ、もちろん」

淡いピンクの、レースのついたドレスに着替えると、もうお姉様はこんな素敵なドレスを着ることはないのかもしれないと思いが巡り、気が重くなった。

落ち着いたら、お母様のドレスはみんな送ってさしあげよう。私はここで新しいドレスを次々作っていただけるのだもの、それがいいわ。

昼食の席に着くと、すぐにギルロード様がいらっしゃる。

彼の顔を見ると、何故か胸が締め付けられた。

好きな人が自分を好きになってくれることも、周囲からその恋を許されることも奇跡だというヨセフの言葉を思い出したからかもしれない。

まだ心が通じ合っているというほどではないけれど、彼はとても優しい。私は彼の妻で、みんながそれを認め、祝福してくれている。

それが本当に幸福なことなのだと実感したのかも。

「どうしたの？　今日はおとなしいね」

会話が弾まない私を気遣って微笑みかけてくれる彼に、心が熱くなる。

「いいえ、あの……。午後のダンスのことなんですが、少し時間をずらしてもかまいませんか？」

「それはかまわないが、何か用事が？」

「書いてしまわなければならない手紙があるんです。急ぎなものですから」

ダンスの後で書くとも考えたが、そうなると渡すのが夜になってしまう。夜にヨセフを呼ぶのは彼の邪魔になるだろう。

早めに書いて、早めに渡してあげないと。

「手紙が終わりましたら、すぐに参りますわ」

「そうまでして書かなければならない手紙ならば、重要なものなのだろう。呼ばれるまで、私もまた仕事をしているから、気にしなくていいよ」

「すみません」

「謝る必要はない。ダンスが苦手で逃げているのでなければいいさ」

彼は恐縮する私に笑いかけてくれた。

お姉様がいなくなれば、私はもう自分から実家に連絡を取ることはないだろう。

でもこの方がいらっしゃれば孤独ではないわ。

お姉様はヨセフと、私はギルロード様と、新しく家族を作るのだ。

いつか、お互いに子供ができる頃には、お会いできるかしら？

自分に子供ができることは想像できないけど、お姉様に子供ができたら、きっととても可愛らしいわね。

その頃までに、二人の生活が安定すればいいのだけれど。

やっぱりもっと売ってお金に替えやすいものを荷物に入れるべきかしら？

ヨセフに、もっと必要なものを聞いておけばよかったわ。こんなこと、他に相談できる人もいないのだから。

色んなことが頭に浮かんでは消え、昼食は味もよくわからなかった。

気も漫《そぞ》ろなまま食事を終えて、彼より先に退席する。

部屋に戻ると、荷物詰めは後回しにして、先に手紙を書くことにした。

何を詰めたらいいか迷っている時間がもったいなかったし、それなら手紙を渡す時に本人に訊いて追加した方が建設的だもの。

机の上に便せんを広げ、ペンを握る。

書きたいことは沢山あるのに、言葉が上手く出てこない。

お姉様が好き、これからヨセフと幸せになって。困ったことがあったら、すぐに連絡して。必要なものがあったら知らせて。

もっと早くにこちらへ呼んでさしあげればよかった。

これからは、染め物ができたら、それを売ってお金を送りたい。

それから……。

書いても、書いても、言いたいことが浮かんで、何度も書き直した。

ギルロード様をお待たせしていると思うと焦ってしまい、余計考えがまとまらない。

やっと半分ほど書き上げた時、ドアをノックする音が響いた。

「はい、どうぞ」

書きかけの手紙の上に白紙の便せんを載せてから入室を許可する。

てっきりラソール夫人かメイドが入ってくるのだと思っていたのに、ドアを開けたのはギルロード様だった。

「まあ、どうなさったんです？」

意外な人の登場に、席を立ち、彼に歩み寄る。

「手紙を書いていたのか」

「はい」

……何だろう。

いつもよりお声が低い気がする。

「書き終わったか？」

「いいえ、まだ……。申し訳ございません。お時間取らせてしまって」

彼の視線が机に向く。

広げられた便せんを見つめ、僅かに目を細めた。

「あれは、別れの手紙か」

「どうしてそれを……！」

思わず声を上げてしまった瞬間、彼の顔が険しくなった。

「あ、だめです！」

そしてつかつかと机に歩み寄ってゆく。

私は走って机に向かうと、便せんを摑んで部屋の隅に逃げた。

これだけは見られてはいけない。

侯爵の義理の姉が使用人と駆け落ちなど、醜聞以外の何ものでもない。もし彼に知られたら、反対されるに決まっている。

絶対に知られてはならない。

「隠すのか。読まれたくはない、と」

見せなかったことで不興をかったのか、今度はそれとわかるほど彼の声が低くなる。

こんな声、聞いたことがないわ。

「手紙は人に見せるものではありませんわ」

「夫婦ならば夫に見られて困るものはないだろう。それとも、夫だからこそ見られたくないものなのか？」

彼の視線が、同じく机の上に置いてあった布の鞄に移る。

すると彼は上を覆っていたハンカチを捲り、中身を取り出した。

「手鏡に櫛、装飾品に、どれも君が家から持ってきたものか？　確か母上の遺品ではなかったか？」

「少し……、荷物の整理をしていただけです」

会話しながら、私はそっと書きかけの手紙を棚の後ろへ落としこんだ。

手紙は書き直せばいい。読まれないことが大切だと。

「だがこれは母上の持ち物を整理していたとは言い難いな」

彼の手が、鞄の奥に入れてあった金貨の袋を取り出す。

「貴族の夫人は現金など必要のないもの。これは預かっておこう」

「だめです！　それは私のお金です」

「必要ならばいつでも返してあげるよ。この倍でも、十倍でも」

「今必要なんです」

「何故？」

「それは……」

言い澱《よど》むと、今度は机を離れ私に向かって歩いてきた。

部屋の隅に逃げていた私は、逃げ場を失い壁に追い詰められる。

「言ったはずだ」

上から見下ろす緑の瞳が冷たい。表情の消えた顔。いつものギルロード様とは違う。

「私は離婚はしない、と。結婚してから別れてはシュローダー侯爵家の名に傷が付く」

「は……、はい。お聞きしました」

どうして今そんなことを……。

「なるほど、離婚はできないから出て行くことを選ぶのか」

「……え？」

それはどういう……。

問いかける前に、彼の手が私の顎を摑んで顔を上向かせた。

覗き込むように近づく顔。

「ン……」

そして激しいキス。

唇が重なったと感じる間もなく、舌が口をこじ開ける。

強い意思を持った生き物が、私の口の中を荒らしてゆく。

舌というものが、こんな動きをするなんて知らなかった。

他人の舌を受け入れることが、こんな感覚を生むなんて知らなかった。

初めてのキスはこんなに激しく、暴力的なものではなかった。

摑まれた顎が痛い。

……怖い。

男の人が、ギルロード様が怖い。

彼が唇を離しても、身体の震えが止まらなかった。

「純真な娘と思っていたが……。いや、純真だからこそ、騙《だま》されたか？」

怖くて、涙も滲《にじ》んでくる。

「それとも、今までの全てが芝居だったか？　泣けば問われないと思っているのか？　涙の使い道を心得ているな」

この方は軍人だった。

そのことをまざまざと思い知らされる。戦いというものに身を置いた、恐ろしい一面も持っているのだと。

「ラソール夫人から聞かされた時は、何かの間違いだと思っていたが、あの荷物は出て行くための荷物だな？」

何かを答えようと思うのだが、震える口はいうことをきかなかった。

「使用人と駆け落ちするつもりなのだろう？　お前が連れてきたあの若い男と」

その言葉で、彼の怒りと誤解が何であるか、察しがついた。

ラソール夫人から聞いた、ということは、私達があの部屋で、もしくは廊下で喋っていたことを夫人が聞いていたのだわ。人影はないと思っていたのに。

それも全てを聞いたのではないのだ。

一部分だけで、その話をお姉様とヨセフではなく、私とヨセフのことと思ってしまったのだ。

「ち……」

違います、の一言も出ない。

説明すればすぐに誤解が解けるとわかっているのに、言葉が出ない。

彼の目が、未《いま》だに私を射貫いたままだから。

顎を摑んだ手が緩まないから。

「君の純潔は知っているから、姦通《かんつう》は疑わないが、あの召し使いは当分謹慎だ。どういうつもりで私の妻を誘ったのか、問いただす」

謹慎？

それって、閉じ込めるということ？

それはだめ。

ヨセフはすぐに旅立たせないと、間に合わなくなってしまう。

怖いなんて言っていられない。

「……違います」

私は彼の服にしがみついて訴えた。

「誤解です。違います」

「違う？　では、あの荷物は何だ？　ラソール夫人は『駆け落ち』という言葉を聞いたと言っていた。二人が廊下で抱き合っているのも見たと。花壇でも、作業せずずっとベンチで何やら話し合っていたそうじゃないか」

ああ、やっぱり廊下でのことを見られていたのね。

「ヨセフは……、ヨセフと私の間には何もありません。彼を閉じ込めたりしないでください」

「泣きながらでも、愛《いと》しい男の無事を願うか？　君らしいが、私を騙していたことに変わりはない」

冷たい目に怒りが宿る。

この方は、私がヨセフとの恋を隠して、ギルロード様を好きと言っていたと思っているのだわ。

「ヨセフには……、恋人がいます。私ではありません」

「ほう、ではそれは誰だ？」

お姉様とのことを言って、反対されたら。

でも言わなければ、ヨセフを送り出してあげることができない。

「それは……」

どうすればいいの。

「言えないだろう。これ以上嘘を重ねて私を怒らせるな」

「嘘などつきません。本当に違うんです……」

「君はそういうが、相手は何というかな？」

「ギルロード様……？」

彼の手が離れる。

身体も離れ、服を摑んでいた手が離れてしまう。

支えを失って、私は床にヘナヘナと座り込んだ。

その私を置いて彼は壁際のベルの紐《ひも》を引っ張った。

すぐにノックの音がして、彼が扉を開ける。

「ヨセフを呼びなさい」

外に来たのが誰なのか、わからなかった。

何とかこのみっともない姿を見せないようにと、立ち上がろうとしたのに、足に力が入らなかったから。

扉を閉めると、ギルロード様は再び私のところへ戻ってきて、力の抜けた私の身体を支えて近くの椅子に座らせてくれたけれど、視線は冷たいままだった。

「怒られて腰が抜けてしまうほど怖がるなら、くだらない計画など立てなければよかったんだ」

「違います……」

「今ヨセフを呼んだ。あの男が何を語るかを聞くことにしよう。君はその間、口を開くことを許さない。何も喋るな」

「ギルロード様……」

「ここに座って、男が語る恋心でも聞くがいい。それが私の胸を打てば、君に愛人を囲うことぐらいは許してあげるかもしれないよ」

唇の端が歪《ゆが》む。

笑っているように見えるけれど、笑顔でないのはよくわかった。

どうしよう。

ヨセフを送り出さなかったら、お姉様はどうなるの？

ギルロード様がこのまま誤解を信じてしまったら、私達はどうなってしまうの？

せっかく微笑み合うほど近しくなれたのに。

離婚はしないと言ったけれど、この関係は崩れてしまうの？

涙が止まらなくて、私は自分のハンカチを取り出して涙を拭《ぬぐ》った。

でも、後から後から溢れてくる涙に、ハンカチを下ろすことはできなかった。

ドアがノックされ、ヨセフの声が響く。

「失礼いたします。お呼びでございましょうか」

扉を開けて入ってくると、ヨセフはすぐに私に気づいて一瞬眉《まゆ》を顰《ひそ》めた。

でも本当に一瞬だけで、すぐにヨセフはいつもの冷静な顔になって、ギルロード様に向き直った。

「御用件は何でしょう?」

「お前がエレインと話をしているのを聞いた者がいる」

低いままのギルロード様の声にも、ヨセフは動揺を見せなかった。

「どのようなことでしょう?　奥様とは色々話をしておりますが」

「聞かれて困ることはない、と?」

「はっきり申していただいた方が、話が早いと存じます」

「いいだろう。お前の駆け落ちは中止だ。全ては私の知るところとなった。お前のエレインへの愛情如何《いかん》によっては愛人としてここに置いてやることはできるが、絶対に外部に知られずにという条件つきだ」

ギルロード様の言葉に、初めてヨセフは表情を崩した。

「愛人としてここへ？」

「離婚はしない。お前はエレインよりものがわかっているだろう。結婚したばかりで駆け落ちをされれば家名に傷が付く。それぐらいならば、内々で済ませた方がいい。だが彼女は一生私の妻であることは変わらないと……」

「お待ちください」

ヨセフは手でギルロード様の言葉を制止し、私を見た。

「エレイン様、どういうことです？」

答えることができずにいると、ギルロード様がヨセフに理由を説明した。

「彼女に訊くのは無駄だ。今、彼女に発言は許していない」

それを聞いて、ヨセフは深いため息をつき、もう一度ギルロード様に向き直った。

「旦那様。私は奥様の愛人としてこの家に残るつもりはございません」

「彼女を愛しているから、駆け落ちをしようと誘ったのではないのか？」

「私はエレイン様と駆け落ちするつもりもございません」

「聞いていた者がいるのだぞ。言い逃れるつもりか？」

「いいえ。エレイン様が何をおっしゃったかは知りませんが、旦那様の考えていらっしゃることは間違いです。私達の会話を聞いたと言う者も、間違っています」

「ヨセフ」

「私の逃避行の相手は、エレイン様ではありません」

「では誰だというのだ？　他のメイドか？」

今更どんな虚言を弄《ろう》するのか、という響き。

それでも、ヨセフは怯《ひる》まなかった。

「この家の者ではございません。私は、エレイン様の姉上、ミリア様をウォーカー伯爵家から連れ出すつもりでございます」

その言葉を聞いて、何故かわっと涙が零れた。

秘密にしておかなければならないことなのに、言わせてしまったという後悔の念かもしれない。

「真実を告げた以上、奥様や侯爵家にご迷惑をかけることはできません。どうぞ、今、この瞬間に私を解雇してください。そして何があろうと、辞めた人間のことなど与《あずか》り知らぬとお答えくださるように」

ヨセフはそう言って深々とギルロード様に頭を下げた。

「ここを辞めてどうするつもりだ」

「すぐにウォーカー伯爵家へ向かいます。ミリア様に縁談が来ているのです。今回は身代わりになってくださる方もいらっしゃいませんので、猶予がないのです。よろしければ、このまま出発させてください」

「待って……！」

口を開くなと言われていたけれど、私は涙を拭って立ち上がった。

「エレイン」

咎めるギルロード様の言葉を無視して、机の上に置いてあった鞄を取り、ヨセフに駆け寄る。

これだけは渡さなければ。

「これを、お姉様に。手紙は、また後で送りますと」

「エレイン様」

ヨセフの顔を見たら、また涙が零れる。

きっとこれでもう当分は会うことができない。

午前中の話では、暇乞《いとまご》いをする時にもう一度会おうと言っていたけれど、このまま辞めてしまうなら、ヨセフはここには来ることができないだろう。

「お姉様をお願いね。愛してますと伝えて」

涙ながらに彼に抱き着くと、彼はそっと私を押し返した。

「確かに伝えます。侯爵様にお許しいただけるのでしたら、ミリア様からお手紙を。お許しいただけますか？」

ヨセフと二人、ギルロード様を見る。

ギルロード様は苦虫を嚙み潰したような顔でこちらを見ていた。

怒っていらっしゃるのだわ。自分の義理の姉が使用人と駆け落ちすると聞かされたのだもの、知らなかったフリをしても、醜聞に違いないのだから。

「二人とも、座りなさい」

けれど難しい顔をしたギルロード様の声は、もういつもの彼の声だった。

「私は使用人ですから、椅子に座ることはできません。奥様、どうぞそちらへ」

ヨセフは断ると私だけを座らせた。

使用人らしく、背筋を伸ばし、私の横に立ち、ギルロード様の言葉を待つ。

ギルロード様は暫く考えた後、ゆっくりと口を開いた。

「君の愛する女性は、エレインではなく、ミリア嬢だというのか?」

「はい」

ヨセフへの呼びかけが、『お前』から『君』になっている。彼は誤解を解いてくれたのかしら? もう怒っていないのかしら?

「駆け落ちと言ったが、ミリア嬢を伯爵家から連れ出した後はどうする?」

「ことが露見する前は、私の荷物を纏めたり、奥様とミリア様にお会いする機会を作るため、この近くの宿屋に泊まるつもりでした。が、こうなった以上は、ここからも遠く離れたところへ行こうと思っています」

「行く宛《あて》はあるのか？」

「特には。ですが私にも少しは蓄えがありますので、どこか田舎に家を借りようと思っています」

「ミリア嬢は貴族の娘だ。そんな生活に耐えられると思うかい？」

「侯爵様はご存じないかもしれませんが、ウォーカー伯爵家でのお二人の生活は貴族の令嬢というものとは違っておりました。料理をご自分で作られたり、服の直しをしたり。彼女ならば、私との生活にも耐えられるでしょう。もちろん、落ち着いたら私はどこかのお屋敷に働きに出ます」

「紹介者がなければよいところでは働けないだろう」

「よいところでなくとも、一度勤めることができれば認めてもらえる自信はあります。ステップアップは可能でしょう」

「ヨセフは、将来うちの執事になる予定でしたの」

ヨセフのことを認めて欲しくて、私は口添えした。

「君は、執事候補に土いじりをさせていたのか？」

「……いつかお姉様と家を出る予定でしたので、こちらで重要な仕事をさせてはいなくなった時にご迷惑をおかけすると思って」

「最初から駆け落ちさせるつもりだった？」

「はい。二人ともを伯爵家に置いておいては逃げ出しにくいかと思って、彼をこちらに」

「当初の予定では、エレイン様がミリア様をこちらにお招きした帰りに、行方不明になるつもりでした。ミリア様に縁談が来なければ、今でもそうするつもりだったのですが」

「エレインが姉を差し置いて私のところに来たのは……」

「私とミリア様のことをご存じでしたので、ご自分が受けると」

ギルロード様は座っていた椅子の肘掛《ひじか》けに考え込むように肘をつき、額を押さえた。

「そんなわけですから侯爵様、どうか奥様とは仲たがいなさいませんよう。私はこれで失礼いたします。荷物を纏めませんとなりませんので」

「私のことは旦那様と呼びなさい」

考え込んでいたギルロード様は視線だけをヨセフに向けた。

「私は先程お屋敷を辞めましたので」

「私は許可していない」

「ですが……」

ゆっくりと身体を起こし、座り直す。

「君はまだ我が家の使用人だ。君が望むなら、だが」

「代わりにミリア様を諦《あきら》めろ、と？」

ヨセフは警戒するように問いかけた。

けれどギルロード様はその問いを無視して続けた。

「ミッドランというところに、侯爵家の狩りの館がある。最近はあまり使っていないが、客を呼んでもてなすことのできる立派な館だ。今の管理人はもう老齢で、夫婦には子供がいない。売ってしまおうかとも思っていたが、君達『夫婦』に管理を任せてもいい」

「それは……！」

ヨセフは驚きを隠さなかった。

私も、その言葉に驚き、ずっと止まらなかった涙すら止まってしまった。

侯爵家の狩りの館の管理人。それならば生活に困ることはないだろう。そして選ばれた人しか招かれない場所だから、叔父様達と顔を合わせる心配はない。

ああ、やっぱりギルロード様は優しい方なのだわ。

誤解とわかって、便宜を図ってくださるのだわ。

「奥方を迎えに行くのなら、馬を貸してやろう。ここには戻らず、直接二人でその館に行きなさい。荷物は後で送ろう。館への地図はセバスチャンにもらうように。管理人への紹介状は君が出るまでに書いておく」

「ですが私のような者に……」

「執事候補だったなら、上手くやってくれるだろう。ただし、君を私の義兄とは思わない。奥方にもそのことはよく言っておくように。姉妹の関係には口を出さないが、侯爵家と関係があるとは思わないようにと」

私の涙が止まった代わりに、ヨセフの目に光るものが見える。

「……わかりました、旦那様。お心遣いに感謝いたします」

感謝の気持ちを精一杯示す、深く下げた頭。

「下がりなさい。出掛ける準備もあるだろう。支度ができたら声をかけるように」

「はい」

ヨセフは一度顔を上げ、もう一度深く礼をしてから出て行った。

残ったのは、私達二人だけ。

「ギルロード様……」

名を呼び、私は彼の下へ歩み寄った。

「ありがとうございます。本当にありがとうございます」

迎えるように彼も立ち上がり、私をそっと抱き締め、頬に触れる。

さっき顎を摑んだ時とは違う、大切なものを壊さぬように触れてくる手。

眼差《まなざ》しも優しく、いつもの彼だ。

「……すまなかった。誤解したとはいえ、随分と酷いことを言った」

声も、落ち着いていた。

「いいえ、もういいんです」

嵐《あらし》は過ぎた。

これからはいつもの生活に戻れる。さっきのような怖いギルロード様を見ることはもうないだろう。

怖いけれど心まで射貫かれるようなあの視線。

優しい夫や立派な侯爵ではない姿。あれは私には見せない彼の本当の姿の一部だと思うと、少し残念な気もする。

今でも怖いくせに。

「エレイン」

その優しいギルロード様が、照れたような笑顔で言った。

「どうやら私は、自分が思っているより君のことが好きになってしまったらしい」

「……え？」

私を……、好き……。今そうおっしゃった？

思わず見上げると、目が合って、ギルロード様は苦笑した。

「君が好きなんだよ」

もう一度繰り返された言葉。

「本当に……？」

答えは頷きで返される。

「気に入ってくださったということですか？　前にも……」

「違う。あの時よりももっとだ」

「私……、私もギルロード様が好きです」

「うん」

「あなたの妻になれて幸せだと思うくらい」

「うん。私も、君が妻で幸せだと思う」

手が触れた頰に、そっと贈られるキス。

「だから君にちゃんと言うべきだろう」

「何を……、ですか？」

『幸せ』と言われ、一旦《いったん》止まった涙がまた目を潤ませる。

「私は、女性とは自分の立場や地位を優先し、色んな意味で美しく振る舞うことを優先させるものだと思っていた。真実と嘘を上手く使い分け、騙したことを悪いとは思わないものだと。だが君は違っていた。純真で、真っすぐで、何でも自分でやってのけて。贅沢も望まず、人に奉仕を望まない。そんな君と過ごす時間はとても楽しかった。様々なものを失って、人を愛することに疲れていた私に喜びを教えてくれた」

彼の腕は、私を抱き締めた。私も、そっと彼の背に腕を回す。

温もりに包まれて聞く彼の言葉は、俄《にわか》に信じられない内容だった。

「それだけに、君が他の男を愛し、そのことを上手くごまかしていたのかと思ったら、感情が抑えられなくなってしまった。君まで、私に嘘をつくのかと怒りすら感じた。そしてその時私の中に生まれたのは、君を他の者に渡したくないという独占欲だった」

「独占欲……」

「君の言葉はいつも真実だった。大切なものを守ることも知っている。君が私を好きだというのなら、それは本当のことだろう。私はそれを信じた。だから、他の男を選んだ裏切りが許せなかった。『またか』と思わず、君が私を好きだと言った言葉が嘘だったことに腹が立った。そのくらい、私は君が好きなんだ。ずっと私を好きでいて欲しいと思うくらいに」

「ずっと好きです！」

「うん。私はそれを信じるよ。もう私の妻になるのは誰でもいいとは言わない。君がいいんだ。もう一度最初からやり直したい。エレイン、どうか私と結婚して欲しい」

「もう……、してますわ」

「形式上はね、でも今度は、ちゃんと互いを理解し、愛し合い、信じ合える夫婦になりたいんだ。……だめかな？」

「だめだなんて！　私もなりたいです！」

ギルロード様は、私にとって物語の中の王子様のようだった。

優しくて、穏やかで、いつも落ち着いていて。

でもさっき彼が怖いと感じた時にわかった。

ギルロード様は物語の王子様ではない、『男の人』なのだ。普通の男の人で、その人が私を好きだと言ってくれる。

私の好きな人が、私を好きだと。

身体が震えるほど怖いと感じても、それが彼の真実の一部ならばもっと見たいと思った。彼の優しいところだけでなく、怖いところも、できればみっともない姿や、悲しむ姿も知りたい。

そう思っている私の気持ちは、憧れや単なる好きではない。

この人を、男の人として愛しているのだ。

冷たい瞳で射竦《いすく》められても、強い力で押さえ付けられても、酷い言葉を向けられても、彼が好きだという気持ちが消えなかったのが何よりの証拠。

私はこの人を愛している。

「エレイン」

だから私は目を閉じて顔を上向けた。

キスして、と。

自分から求めた。

応えて軽く触れてくる唇。

私の気持ちを確かめるように何度か触れ合ってから、少し強く押し当てられ、背中に回されていた腕にも力が籠もる。

恥じらいよりも、喜びが勝り、もっとして欲しいとさえ思った。

互いに求めあうというのは、こういうことなのね。

愛情を交わしての口づけは、与えられるだけのものとは違うものなのだわ。

やっと、気持ちが通じ合った。何もかもではなかったとしても、これからは愛情に向かって二人で進んでいける。そう感じさせた。

この時間をもっと長く続けたかったけれど、突然響いたノックの音に、私達は気まずく離れなければならなかった。

「何だ」

「セバスチャンでございます」

「ヨセフのことか。入れ」

セバスチャンは銀のトレイを持って入ってきて、ギルロード様にそれを差し出した。

「ヨセフのこともございますが、旦那様にお手紙でございます」

「手紙？」

ギルロード様はそれを受け取ると封を開けて中に目を通した。

その表情が少し曇る。

「……バートン侯爵からパーティの招待状だ」

心なしか、セバスチャンの表情も少し険しい。

「いかがなさいますか?」

「侯爵からのお誘いを断ることはできないだろう」

「しかし……」

「過ぎた話だ。バートン侯爵家とはこれからの付き合いもある。それに、私にも妻がいる。だからこそ招待したのだろう。喜んで伺うと伝えてくれ」

「かしこまりました」

「ああ、それと、ヨセフをミッドランの狩りの館の管理人に据える。すぐに発たせるから、馬を用意して地図を渡してやりなさい」

「すぐ、でございますか?」

「そうだ」

「かしこまりました」

やっと、恋が成就したと思った。

気持ちが通じ合ったと実感した。

なのに、目の前にいる二人の様子が、私に不安の影を落とす。

まだ何か、越えなくてはならない問題が残っているような気持ちにさせる。

「ギルロード様……？」

声をかけると、彼は振り向いて笑った。

「君を私の妻としてパーティに連れていくことができそうだ」

口元に皺のできない笑顔で……。


「本当に申し訳ございませんでした。短慮でございました。まずは奥様に直接確かめるべきでしたのに……」

館の管理人に紹介状を書かなければならないからとギルロード様がセバスチャンと共に退室した後、ラソール夫人がやってきて、今回のことを謝罪した。

ギルロード様から、あの話は聞き違いだと諭されて。

やはり彼女は廊下での私とヨセフの会話を聞いていたのだ。

そして初めて聞かされたのだが、彼女は以前から私とヨセフが親しくしていることを危《き》惧《ぐ》していたらしい。

ヨセフは見目もいいし、実家からの付き合いもある。二人きりで過ごさせてはならないと、庭師を同行させるように進言したり、私の目をギルロード様に向けさせようと彼の話をしたりしていたのだ、と告白した。

「旦那様から、ヨセフは他のお嬢さんと結婚して、狩りの館の管理人になるのだと聞かされてほっといたしました」

どうやら、彼はその相手が私のお姉様であることは彼女に伝えなかったらしい。

「その方と駆け落ちなさるんですか？」

「あまり人聞きのいい話ではないから、そのことは話さないでおくわ。ギルロード様に許可も得ていないし。でも、本当に私とヨセフは関係ないのよ」

「ええ、それはもう強く旦那様に注意されました。お二人はお小さい頃から兄妹《きょうだい》のように育ったので、私が誤解したのだろうと」

「そうね。ヨセフはお兄様のようだったわ」

実際、お義兄様になるのだけれど。

「本当に奥様には申し訳ないことを……」

もう一度謝罪が繰り返されそうになったので、私は彼女の言葉を遮った。

「それより、バートン侯爵のことを教えてくれない？　シュローダー侯爵家とはどういうお付き合いなのかしら？」

「バートン侯爵でございますか？」

何故だろう。

セバスチャンやギルロード様の時にも感じたぎこちなさを、彼女も漂わせている。

「ええ、パーティに誘われたの。出席するのでお相手のことを知っておこうと思って」

ひょっとして、あまり仲のよくないお家なのかしら？

ラソール夫人は間を置いてから、「遠いご親戚です」とだけ答えた。

「それ以上のことは、旦那様から伺うとよろしいですよ。ダンスの練習も流れてしまったようですし、今夜は夕食を早めに終えて、お二人でお話しになられては？」

何か隠している？

それとも、まだヨセフとのことを心配して二人きりの時間を作り、私とギルロード様を近づけようとしているのかしら？

でも、ギルロード様と過ごせる時間を作るのは嬉しい。

「そうね。そうしてみるわ」

「それよりも、パーティにご出席なさるのでしたら、新しいドレスをお作りしないと。それに、装飾品も揃えましょう」

「そんな、今あるものでいいわ」

「いいえ、いけません。バートン侯爵家のパーティとなれば多くの人々が集まります。初めてパーティに出席される奥様にとっては、これが正式のお披露目となるでしょう。その席で、他の女性達に負けてはなりません」

……負けるって。

「誰が見ても、旦那様に相応しいのはエレイン様だと見せつけてやらなくては」

……見せつけるって。

なんだろう。ラソール夫人に、ものすごい気合が見える。

美しさを競えるほどの方々ならまだしも、私などまだ子供扱いだと思うのに。

もしかして、私を立派な侯爵夫人として送り出すことで、誤解の贖罪《しょくざい》にしようとしているのかしら？

そうだとしたら、恐縮して謝られ続けるよりはこちらの方がいいけど。

ちょっと大変なことになりそうな気がしないではないわね。

「乗馬の練習は取りやめて、明日からはダンスのお時間になさった方がよろしいですわ。皆様の前で旦那様の足など踏まないように」

「……はい」


夕食後、私が誘うより先にギルロード様からお部屋へ呼ばれた。

「先程、ヨセフは発ったそうだ。見送りたかったかい？」

「いいえ。ギルロード様のお陰で、また会えるのだとわかっていますもの。あまり大袈裟にするとラソール夫人だけでなく、他の人にも変に思われるかもしれませんし」

ラソール夫人のことを口に出すと、彼は笑った。

「私にもずっと謝っていたよ。早とちりをして申し訳なかったと」

静かな時間。

長椅子に二人並んで腰掛け、彼の手は私の腰に回っている。

こうして彼の部屋で二人きりで話をするのは初めてかもしれない。

会話はあったけれど、それはいつも書斎やティールームだったし、寝室ではすぐに眠ってしまうので会話はなかったから。

「よろしければ、今度伺うバートン侯爵のことを教えてくださいませんか？」

「ラソール夫人に聞かなかったのかい？」

「夫人がギルロード様から伺った方がいいと」

「そうか……」

あ、まただわ。

空気がピリッとするような感じ。

「バートン侯爵はシュローダー侯爵家とは縁戚《えんせき》だ。詳しく言うと、祖母の従兄弟の家だ。

付き合いはあまりなかったが、今のバートン侯爵、バジルが兄と友人になった。それで親交が復活した。領地も近いし」

彼の視線は私から外れ、どこか遠くを見つめていた。

記憶を辿《たど》っているのかも。

「兄とは仲がよくて、この屋敷にもよく遊びにきていた」

「では、ギルロード様も親しかったのですね？」

「……そうだね」

「お好きですか？」

「ああ。よい方だ。豪放磊落《ごうほうらいらく》というか、豪胆というか。押しの強い兄とも正面切って言い合いをするような人だった。正義感も強く、いつも筋を通そうとする。だが兄が亡くなってからは親交は途絶えていた」

「それなのにどうしてパーティのお誘いがあったのでしょう。まだ喪中なのに」

「先週の土曜で、兄が亡くなってから半年になる。喪は明けたと判断されたのだろう。喪中を言い訳にして、付き合いを断っていただけだから、もっと早くに外へ出てもよかったのかもしれない」

「言い訳、ですか？」

「仕事の引き継ぎが忙しかったし、外に出る気にならなくてね」

兄弟仲はよかったと聞いているから、余程ショックだったのね。

「仕事も一段落したし、今は君もいる。恐らく、バジルも私が結婚したと聞いて花嫁を見たいと思ったのだろう。私が幸せになっているかどうかを確かめたくて」

「幸せですか？」

彼は私を振り向いて額にキスしてくれた。

「もちろんだ。バートン侯爵家のパーティが終わったら、二人で出掛けよう。王都には行ったことがないのだっけ？」

「はい」

「では王都にも行こう。国王主催のパーティはとても豪華だよ。夢のように」

「それは素敵だわ。でも私は子供っぽくて、似つかわしくないかも」

「そんなことはない。君はとても美しいよ」

「私が？　初めて言われましたわ」

彼は驚いた顔をした。

「初めて？」

「『美しい』という褒め言葉は大抵姉のものでした。私は『可愛い』と」

そして笑う。

「可愛くもあるね。だが安心しなさい、エレインもちゃんと美しい。金色の巻き毛も、青い瞳も、姉君とはタイプが違うだけだ。私は君の美しさにも魅了されるな」

褒められて顔が熱くなる。

でも彼はからかっているのではなく、本気で言っているようだった。今は真っすぐに私を見てくれているもの。

きっと、彼は大人だからこんな言葉を口にするのに慣れてるんだわ。

「エレインが幼く思われるのは容姿ではなく心だろう。子供のように純真で、それが表に出ているからだ。私は君の心が大人になるまで、もう少しだけ待った方がいいだろうな」

「何を待つのですか？」

「うーん……、それがわかるようになるまで、かな？」

彼は困った顔をしたが、少し楽しそうにも見えた。

「説明してくれなくてはわかりませんわ」

「そのうち、姉君に訊くといい。ヨセフは私よりも若いから」

どうしてギルロード様が『待つ』ことがヨセフと関係があるのかしら？

でも今訊いても教えてくれそうにないわね。

「そういえば、乗馬は上手くなったかい？」

話題も簡単に変えられてしまった。

「少し。一人で並足ぐらいはできるようになりました」

「では領地の見回りにも行こう。湖を見せてあげるよ。行きたいだろう?」

「行きたいです!」

「船には乗ったことは?」

「ないです」

「では船にも乗ろう」

狡《ずる》いわ。

私が喜ぶようなことばかり言って、さっきの話から遠ざけようとしている。

それに抗《あらが》えない私も私だけど。

「君が大人になりたいのなら、貴婦人のサロンにも顔を出すといい。私はあまり好まないが、女性には女性だけの知識の共有が必要だろう」

「たとえば?」

「それは男の口からは言えないな。男が何を話しているか、女性には言えないように」

でも楽しいから仕方がない。

「狩りもしたことはないのだろう?」

「ありません」

「姉君に会いに行くついでに、狩りについても教えよう」

「嬉しいですけれど、そんなに時間がありまして?　まだお仕事の全てが終わったわけではないのでしょう？」

「大体は終わった。領地のことは古くからいる地頭達がやってくれる。私が知りたかったのは、その地頭達に不正や不満がないかどうかだけだった。どうやら今のところないようなので、後は任せてしまえばいい」

「歯車が動き出せば、押してやる必要はないということですわね」

「上手いことを言うね。君の方はどうだい？」

「私？」

「染め物をするのだろう？」

ちゃんと覚えていてくださったのね。

「もちろんしますわ。でももう急いではいません」

「何故？」

「染めたものを売って、姉達にお金を渡したかったんです。でもヨセフにお仕事を戴いたのでその必要がなくなりました」

「なるほど、君の変わった趣味にはそういう目的があったのか」

「染色用の草花が育つまで、薬品染めをするつもりです。……染めたものを贈ったら、何かに使ってくださいます？」

「もちろん。楽しみにしよう。だがまずは、今日できなかったダンスのレッスンを明日するのが楽しみだ」

「私もです」

私達はずっとそんな他愛もない話をした。

時間を忘れ、お互いのこと、これから二人で何をするかということを。

私が小さな欠伸《あくび》をかみ殺すと、彼は私の頬にキスして、先に眠るように言った。

彼は明日のダンスの時間のために少し仕事をしてからベッドに入るとのことだった。

最初の夜以外はずっとこう。彼が私より先にベッドに入ることはない。

ただ夜着に着替えるために立ち上がった私を抱き締めて、軽いキスをしたのは初めてだった。いつもはそのまま『おやすみ』を言って別れるだけなのに。

私を『好き』と言ってくれた言葉が、また胸に蘇《よみがえ》る。

バートン侯爵のことは少し気にかかっていたが、すぐに忘れた。

これからは、バラ色の未来しか待っていないと、浮かれていた。

この時は……。


パーティの日まで、本当にあっという間だった。

忙しくて、楽しくて、時間が過ぎるのが早く感じた。

パーティのためにドレスを新調し、ギルロード様とダンスのレッスンをし、ラソール夫人からパーティでの作法を習い、一人で花壇の世話をし、いつもの勉強をし……。

その間に、叔父様からお姉様が家出をしたと手紙が来た。文面からも怒りが読み取れるようなもので、こちらに来たら連絡をするようにとあったが、どこにも『駆け落ち』という言葉はなかった。

ギルロード様にお見せすると、ヨセフは上手くやったようだね、と満足げだった。

「駆け落ちと書いていないのは、伯爵が外聞をおもんぱかってか、姉君がそれと伝えずに姿を消したからだろう。駆け落ちとなれば相手を探す。ヨセフと姉君が怪しいと気づいていた者がいたら、うちに調べにくるかもしれない。それを回避するために黙っておいたというのは考えられることだ」

そしてこうも付け加えた。

「君は困惑して、私に相談したと返事を書きなさい。私は、そのようなスキャンダルがあっては困るから、以後我が家に連絡をしてこないで欲しいと手紙を書こう」

「叔父様と関係を断つのですか？」

「随分と酷い目にあったのに、まだ付き合いを続けたいのかい？」

「……、親戚ですし」

「エレインは優しいな。では、『こちらから連絡するまで』と付け加えよう」

その翌日には、ギルロード様から、館の管理人から後任の管理人夫婦が到着したと手紙が来たと教えていただいた。

お姉様達は、これでもう何の問題もなくお二人で過ごすことができる。

憂いは一つもなくなり、パーティの日を心晴れやかに迎えることができた。

薄い水色のタフタのリボンと白いレース、胴にキラキラと光るビーズの刺繍の入った新しい青いドレスに身を包み、少し大人っぽくお化粧をしてもらって、私はドキドキしながらバートン侯爵家へ向かう馬車に乗った。

ドレスアップした私の姿を見て、ギルロード様はとても褒めてくれたけれど、馬車の中では考え事をしているのか、終始無言だった。

彼が口を開いたのは、件《くだん》のバートン侯爵家が見えてからだ。

「ご覧、あれがバートン邸だ」

言われて目を向けた窓の外には、シュローダー侯爵家にも負けないほど大きなお屋敷が建っていた。

「すごい……」

玄関先には馬車が並び、篝火《かがりび》が焚《た》かれ、着飾った人々の姿も見える。

新しいドレスが少し派手ではないかと心配だったが、私以上に着飾った女性はいっぱいいた。頭にダチョウの羽根飾りをつけてる人もいる。

馬車が停まると、召し使いが外から扉を開けてくれて、ギルロード様が私の手を取って降ろしてくれた。

これが、私の侯爵夫人としてのデビューなのだと思うと、心臓が口から出そうなくらいドキドキする。

緊張で足がもつれてしまいそう。

「大丈夫だよ、私がいるから」

それがわかったのか、彼は優しく微笑んでくれた。

建物の中に入ると、全てが目映《まばゆ》くて、気後れする。

輝くシャンデリア、凝った調度品、天井や壁に描かれた花。静かに流れる楽団の音色。

上品なざわめきと美しく着飾った人々。

ギルロード様が真っすぐ向かったのは、赤毛の男性のところだった。

「ギルロード！　よく来てくれたな」

「お招きありがとう、バジル」

抱き合って旧交を温め合うこの男性が、バートン侯爵ね。とすると、その隣にいらっしゃるのが奥様だわ。

「久しぶり、ギルロード」

妖艶《ようえん》な声で挨拶する女性は、とても美しかった。

結い上げた黒髪が、真っ赤なドレスによく映える。

長い睫《まつ》毛《げ》と目の下の付けボクロが大人の女性としての色香を漂わせている。

「久しぶり、フレイア」

相手が女性だからか、こちらへは軽い握手だけで挨拶を済ませる。

「遅くなってしまったけれど、ご結婚おめでとう。そちらが奥様？」

侯爵夫人が私に視線を向ける。

私は慌ててドレスを摘まんで深く挨拶をした。

「そうだ」

「初めまして、奥様。エレインと申します」

私が名乗ると、バートン侯爵は驚いた顔をしてからギルロード様の背中を叩いた。

「随分と若い奥方をもらったんだな。身体が持たないのじゃないか？」

「あなた、下世話よ」

それを夫人が窘める。

もっとも、何が下世話なのか私にはわからなかったが。

「久しぶりに会ったのですもの、あなた達は積もる話があるでしょう？　ギルロード、奥様は暫く私がお預かりしてもいいかしら？」

「エレインは初めてのパーティなんだ。側にいてやりたい」

「ほう、可愛がってるみたいだな。だが女は女同士の方が緊張が解けるだろう。それに、他の女性達に紹介するならフレイアの方がいい。奥方のお披露目は後で時間を作ってやろう。まずはマーカム達にも挨拶しろ。お前が葬式の後に姿を見せなくなって心配してたんだぞ」

「仕事の引き継ぎがあったんだ」

お相手が年上の方だからか、親しいと聞いていたのにギルロード様もぎこちなく見える。でもバートン侯爵は悪い人ではなさそうだわ。

「ギルロード様、私なら大丈夫ですわ。どうぞお友達にご挨拶なさってきてください」

「ほら、奥様もこう言ってるわ、行ってらっしゃいな。さ、エレイン様、私達も参りましょう」

フレイア様はギルロード様の返事を待たず、私の肩を抱いてその場から連れ出した。

こちらも悪い方ではなさそう。

「みんなで噂《うわさ》していたのよ。ギルロードがどんな女性と結婚したのかって。確かウォーカー伯爵令嬢なのよね？」

「よくご存じなのですね」

「女性は噂話が好きだから。でもお式は行わなかったとか」

「はい。ギルロード様が喪中でしたので」

私を皆さんに紹介すると言っていたのに、フレイア様は大広間の隅にある休息用の長椅子に座らせた。

パーティは始まったばかりか、まだ始まっていないくらいだから、椅子に腰を下ろしている人はいないのに。

「ギルロードから私達のことは聞いている？」

「はい。バートン侯爵はギルロード様のお兄様のご友人だったと」

「私のことは？」

「申し訳ございません。奥様のことは……」

そうだわ、女性同士なのだから、もっと奥様についても聞いておけばよかった。

「じゃあ私達おんなじね。お互いのことをよく知らない。でも知り合うために時間を使うべきだと思わない？」

にっこりと微笑むと、美人が際立つ。

まだ他の方にお目にかかっていないけれど、この会場の中でも、群を抜いた美女だわ、きっと。

「ギルロードは最近どう？　随分と塞ぎ込んでいたようだけれど」

「はい、今はとてもよいようです。お仕事も一段落なさったと」

「あんなおじさんとの結婚で、がっかりしたでしょう。でも侯爵様だから、悪くはないのかしら?」

「おじさんではありませんわ。とても素敵な殿方です」

フレイア様は、『あら』という顔をした。

「ギルロードが好き?」

率直に訊かれて、私は頬を染めた。

「……はい」

「それは素敵だわ」

からかわれるかと思ったけど、彼女は嬉しそうに私を抱き締めた。

「とても素敵なことよ。貴族の結婚では愛情がない方が普通だから。私も伯爵家の娘で、バジルとは親の取り決めで結婚したの」

「ご主人を好きではないのですか?」

こんな質問は失礼かしら?

「最初はね。うるさい人だと思ったわ。だからあなたも親に勝手に決められて困惑しているのではないかと心配したのよ」

最初は、ということは今はお好きなのね。よかった。結婚は幸せな方がいいもの。

「ギルロードはあなたに優しくしてくれる?」

「はい、とても」

「彼もあなたを好きだと言ってくれた？」

「はい」

「それじゃ、毎晩眠れなくて大変ね」

「いいえ。ゆっくり寝かせていただいております」

「……そうなの？」

「はい。ギルロード様はお仕事があるので、先に休んでいいとおっしゃってくれて」

「一人で寝ているの？」

その質問には答えられなかった。何だか恥ずかしくて。

「あら、ごめんなさい。若いお嬢さんにするには失礼な質問だったわね。いやだわ。私もバジルの下世話が感染《うつ》ってしまったわ。ただ最近は夫婦の寝室を分ける方もいらっしゃると聞いていたから」

「いいえ」

寝室の話題に、また頬が染まる。

「これも刺激的な話題だったかしら？　私もすっかりおばさんね」

「そんなことはございませんわ！　奥様はとても美しくて、圧倒されるほどです」

力強く反論すると、彼女は笑った。

おかしいことだったかしら？　本気でそう思っているのだけれど。

「まあ、嬉しいことを。それじゃ最後にこれだけ訊いてもいいかしら？」

彼女はずっと湛《たた》えていた笑みを消し、身を乗り出して訊いた。

「もしもギルロードが侯爵じゃなくなったらどうなさる？　別れる？」

とても真剣な眼差しで。

「どうしてですか？　何故別れなければならないのですか？」

「だって、地位がなくなって、貧乏になるのよ？」

「私、貧乏は慣れています。もしそうなったら、私が働きますわ。ギルロード様も有能な方ですから、一緒に働けば、貧乏ではないと思います」

夫人は目を丸くして私の返事を聞き、声を上げて笑った。

よく笑う方だわ。

「素敵。私、あなたがとても気に入ったわ。さあ、変な質問はこれくらいにしましょう。パーティが始まる前に皆さんに紹介してさしあげるわ。私の妹のような方だと。だから『奥様』は止めて、フレイアでいいわ。私もエレインと呼ぶから」

フレイア様は、色っぽい見かけとは違い、気さくで物事をはっきりとおっしゃる行動的な方だった。

私を女性達の集まりに連れてゆくと、宣言通りに「私が妹のように可愛がってるシュローダー侯爵夫人のエレインよ。皆様も可愛がってさしあげて」と紹介してくださった。

皆さんが、初対面の私に興味津々で色んな質問を投げかけてきた時も、側にいて、フォローしてくださった。

何を訊かれてもそんなに気まずいことはなかったのだけれど、お姉様のことを訊かれるのだけは困った。

どうしてお姉様より先に結婚したのか、お姉様は今どうしてらっしゃるのか、という質問だ。

私が返事に戸惑うと、彼女は「ギルロードが姉君より彼女を見初めてしまったからじゃない？」と笑い飛ばしてくださった。

『笑う』ということが、女性にとっての武器なのだ。

笑い飛ばしてしまえば、深刻な理由があるとは思われない。笑ってしまえば、そこで会話を切っても相手に嫌な思いをさせずに済む。

彼女から、それを学んだ。

やがて、バートン侯爵とギルロード様がそれぞれ私達を迎えに来て、本格的にパーティが始まった。

さっきまで静かに流れていた音楽が、ダンス用に大きく音を奏でる。

「フレイアに何か言われた？」

ギルロード様も、私の手を取ってフロアに出た。

「かばってくださいましたわ。とてもいい方です」

「そうか……。ではダンスに集中しよう。特訓の成果を皆に見せないと」

ギルロード様も緊張してらっしゃるのか、笑顔は硬かった。

でも踊りだしてしまうと、いつもの表情に戻る。

軽やかなステップ、巧みなリード。

私は彼に導かれ、まるで主役のようにくるくると踊った。

本当の主役であるバートン侯爵夫妻を見ていなかったから、思っただけだけれど。

一曲踊って、お二人のダンスを見たら、やっぱり主役はあちらだわ、と実感した。

フレイア様は堂々としてらっしゃったし、やっぱり会場では一番目を惹くもの。

それから、私はギルロード様のご友人やお知り合いの方に紹介された。

皆様一様に祝福の言葉を向けてくれたが、中に一人だけ他の方と違う言葉を口になさった方がいらした。

結婚式の時にもいらしてくださったギルロード様の親友、マーシャル伯爵、エドマンド様だ。

「ここへ彼女を連れてくるとは、お前も豪胆だな。話してないんだろう？」

「エドマンド」

「彼女は未練があるのかもしれないぞ。子供ができずに離縁されるかもしれないと噂がある。次はお前だ」

「そんなことはあり得ない。彼女は愛されてる。それに私の妻はエレインだ」

笑顔のないお二人の会話に入ってゆけず、ただ傍らで黙って聞いているだけだった。

マーシャル伯爵の奥様が、それを気遣うように話しかけてくださったけれど、マーシャル伯爵は私がギルロード様の奥様に相応しくないと思ってらっしゃるのかしら？

だとしたら少し悲しいわ。

でも気掛かりだったのはそれだけで、パーティは概《おおむ》ね楽しかった。

キラキラとした夢のような時間。

私に対して失礼だと奥様に怒られたマーシャル伯爵は、私をダンスに誘ってくれて、その時には笑顔を見せたたし、他のギルロード様のお友達とも踊った。

最後のゆったりとしたダンスはギルロード様と。

終わりがやってきた時、またバートン侯爵夫妻が私達のところへやってきた。

「疲れたのではなくて？」

フレイア様はここでも優しい言葉をかけてくださった。

「少し。でもとても楽しかったです」

「そう。それはよかったわ。ねえ、エレイン様、私達お友達になれるかしら？」

「もちろんです。私などでよかったら」

「よかった。では今度あなたの家に遊びに行ってもいい？」

「それはギルロード様にお伺いしないと」

私がそう答えると、彼女は侯爵と話をしていたギルロード様に声をかけた。

「ギルロード。今度あなたの家を訪ねてもいいかしら？　私、エレイン様とお友達になったの」

バートン侯爵とギルロード様は同時に振り向き、揃って一瞬困惑した顔をした。

「バジル。私は……」

「フレイアが行きたいというなら、迎えてやってくれ」

「わかってる。私達は順調だ。他人が何を言おうとも。だからこそ好きにさせてやりたい。あれが君の奥方と友人になれば、私達の友情も復活するだろう」

バートン侯爵の言葉を受けて、ギルロード様は頷いた。不承不承という感じには見えたけれど。

「歓迎しましょう、バートン侯爵夫人。社交界に不慣れな妻の、よき導き手になってください」

「喜んで」

フレイア様はにっこりと笑って私と腕を組んだ。

「あなたはとても可愛らしくて、優しい方だわ。何でも許してしまいそう。でも、女はもう少し強くならなくてはね」

意味深なセリフを口にしながら。


「エレイン様。約束通り参りましたわ」

三日後、フレイア様は我が家を訪れた。

付けボクロはなかったけれど、パーティの時と同じ、艶《あで》やかな姿で。

彼女を、とてもいい方だと思った。明るくて、美しくて、強くて、手本にするべき貴婦人だと思っていた。

でも、彼女の存在はとても『不思議』だった。

ギルロード様は、ご友人の奥様であるのに、彼女についてあまり語ろうとしなかったし、家に来ることも歓迎していない様子だった。

パーティの帰りの馬車の中でも、沈んだ顔をしていた。

私が話しかけると応えてはくれたけれど。

戻ってから今日までの三日間も、バートン侯爵夫妻のことは話題にしなかった。

ギルロード様だけではない。

屋敷に戻ってフレイア様がこちらを訪ねることを伝えると、セバスチャンは一瞬返事が遅れた。

一緒にいたラソール夫人は、隠しようもなく顔を歪めた。

何かを言うこともなく、二人とも「かしこまりました」と答えたけれど、フレイア様の来訪を喜んでいないのは明白だ。

フレイア様が到着し、馬車から降りてらした時にも、二人の表情は強ばっていた。

もしかしたら、彼女は昔ここへ来たことがあるのかもしれない。

ご主人が亡きお兄様の友人だったのだもの、奥様を伴っていらしたことはあるはずだ。

その時に何かトラブルがあったのかも。

でも、私にとってはよい方だった。

それを信じてはいけないかしら？

「ようこそいらっしゃいました、バートン侯爵夫人。あちらにお茶の席を用意してございますので、どうぞ奥様とお過ごしください」

セバスチャンが一歩前へ出て頭を下げる。

「久しぶりね、セバスチャン。お茶は庭の見えるヒナゲシの間にしてくれたかしら？私、あそこが好きなの」

「ティールームでございますから、そちらに」

「あら、そうよね。さ、エレイン様、行きましょう」

「フレイア様は、こちらにいらしたことがあるのですか？」

今の言葉を聞いて尋ねると、彼女は微笑んだ。

「大昔にね。気になる？」

「いいえ。そうではないかと思っていました。それに、バートン侯爵はよくこちらを訪れていらしたそうですから、奥様ならいらして当然かと」

「私が来たのは独身の頃だけれどね。ギルロードは？」

彼女は出迎えの人々を眺め、その中にギルロード様がいらっしゃらないことを問いかけてきた。

「お仕事が終わらないそうです。後で顔を出すと」

「そう。じゃ、その時に話をするわ。さ、行きましょう」

彼女は先に立ってティールームへ向かった。

ここのことなら知っている、という態度だ。

パーティの時には優しく接してくれていたのに、今日はどこか挑戦的に感じる。

「ああ、やっぱりここからの眺めは素敵。窓を開けた方が好きなのだけれど、今日は風が強いからダメね」

女主人である私より先に部屋へ入り、私より先に椅子に座る。

彼女の方が年上だからあまり気にしないけれど、『どうぞ』と言われるまで座らないのがマナーではないのかしら？

「今日は二人きりで色んな話ができそうね」

「私、あまりおもしろい話はできないのですが、いらしてくださって嬉しいですわ」

「……あなたは本当に子供のよう。純真で、疑うことを知らない」

フレイア様は、笑ってらした。

笑うことが女性の武器だとすれば、まるでその武器を私に向けるかのように攻撃的な笑みだ。

セバスチャンがお茶を運んでくると、その笑みが消える。

「ギルロードから、あなたに色々と教えて欲しいと言われたから、来たの。あなたは何も知らないみたいだから」

「はい。今はラソール夫人から色々教わっているのですが、まだまだだと思います」

「ラソール夫人は私にお茶を運んでくるのが嫌みたいね。セバスチャンがお茶を持ってくるなんて珍しいもの」

「ラソールは他の仕事をしておりまして、お望みでしたら呼びますが？」

セバスチャンが答えると、彼女は手を振った。

「いいわ。睨まれるだけだから。それより、女同士の話をするから、誰もここには近づけないで。それと、ギルロードを呼んで頂戴。バジルのことで話があるから」

「かしこまりました、奥様」

セバスチャンはいつもより大仰に礼をし、出て行った。

空気がトゲトゲしてるわ。

どうしてこうなったのかしら？　フレイア様はどうしてこの間と態度を変えてしまったのかしら？

「あなたはお母様が早くに亡くなられたそうね」

「え？　あ、はい」

「お姉様がいらっしゃるそうだけれど、お母様が亡くなられた時はお姉様も幼かったのでしょう？　まだ結婚を考えられる年ではないくらい」

「はい」

「ギルロードに聞いたのだけれど、叔母様はあまりあなたに親切ではなかったようね」

「ギルロード様が？」

「正確には、バジルがギルロードから聞いて私に教えてくれたのよ。男二人で色々話したらしいわ。それで、叔母様はあなたにレディの教育はしてくれなかった？」

「お勉強は姉が教えてくれました。それにここへ来てからは先程申しましたように、ラソール夫人が……」

「ラソール夫人は頭が固い年寄りだわ」

「まあ、そんなことありません。とてもいい方です」

「でも閨の説明はしてくれなかったのでしょう?」

赤い彼女の唇が笑みを作る。

「ギルロードはバジルに、あなたはとても可愛いと言っていたらしいわ」

「まあ、本当ですか?」

「ええ。まだ幼い娘だと。子供扱いしていたみたい」

……やっぱり。

でもそれは以前のことだわ。今はちゃんと『好き』と言ってもらったもの。

「閨ではね。女性は男性を受け入れるものなの。心ではなく身体で」

突然の話題に戸惑う。

どうしてこんな立派な女性が閨の話を。

「顔が赤いわ。こういう話は苦手?」

「……はい」

「でもちゃんと訊いておかないと。あなたはギルロードを受け入れていないのでしょう?

彼と繋がったことがないのでしょう」

「繋がる……？」

「そうよ。男と女は愛し合ったら繋がるものなの。でもどうやらあなたにそれを教えてくれた人はいなかったようね」

私が惚《ほう》けていると、彼女は続けた。

「ギルロードは優しいわ。優しすぎて、あなたを妻にできない」

「そんなこと……。私は彼の妻です」

「繋がらない女性は、妻とは呼ばないのよ。彼はあなたを妹か娘のようにしか思っていないんだわ」

どうして彼女はそんな悲しいことを言うのだろう。

「彼は私が妻で幸せだと言ってくれました」

私はフレイア様と仲良くなりたかったのに、そんなふうに言われると、つい声を荒らげてしまう。

「あなたの愛情はママゴトのよう。素敵な侯爵様と夢のような生活。彼のことを知ろうともせず、与えられるものだけで満足している。あなたより年上のギルロードが、過去に付き合った女性がいないと思っている？」

彼女の言葉が胸を射る。

「その顔だと考えたことがないようね。でもいたとしても不思議じゃないと思わない？」

答えずにいると、フレイア様は言葉を切って紅茶で唇を湿らせた。

「これはね、親切で言っているの。誰も言わないことだから。現実は物語のように美しいだけではないわ。あなたは子供だからわからないでしょうけれど、世の中には『つまずき』もいっぱいあるのよ」

「……わかっています」

「あら？　そうなの？」

「あの方に、過去にお好きな方がいらっしゃったことは考えていませんでした。でもそういうこともあるかもしれません」

「だとしたら、あなたはどうするの？」

「その方以上に愛していただけるように努力いたします。私は、ギルロード様の全てが好きだから。繋がるということの意味はよくわかりませんが、それが必要ならばそうしていただきたいと思います」

親切なのだと言った彼女の言葉を信じたい。

確かに、誰もギルロード様の過去の恋愛について教えてくれなかった。お小さい頃からのことを全て話してくれたラソール夫人も。

でもあんなに素敵な方なのだもの、そういう女性もいたでしょう。

「ありがとうございます、フレイア様。私、ここへ嫁いできてからずっと二人きりで過ごしてきたので、他の女性のことを考えていませんでした。でも、世の中には私よりも美しくて素晴らしい女性が沢山いらっしゃるのですものね。私は彼の妻という立場に甘えず、彼に愛されるように努力いたします」

「……そこでお礼を言うのね。可愛い方」

彼女が続けて何か言おうとした時、ノックの音がしてギルロード様が入ってらした。

「話があるということだが？」

彼は椅子には座らず、私の後ろに立った。

言葉がどこか冷たい。

「ギルロード、そんなところに立っていたら話ができないわ」

「仕事中なんだ、長居はできない」

「……いいわ。エレイン様、悪いけれどちょっとだけ席を外してくださる？」

「フレイア」

咎めるように彼が名を呼ぶと、フレイア様は彼を睨んだ。

「彼女には聞かせたくない話もあるの。バジルのことで」

私の後ろで、ギルロード様はどんな表情をしているのだろう。見えないけれど、緊張しているのは感じた。

「私、ギルロード様の分のお茶を頼んできますわ」

「君が行かなくても、セバスチャンを呼べばいい」

「お茶を頼んで戻ってくる間にお話をなされればよろしいですわ」

立ち上がって振り向くと、彼はやはり強ばった顔をしていた。

「エレイン様、申し訳ありませんけれど、ドアは少し開けていってくださいね。互いに結婚しているとはいえ、男と女が二人きりで密室にいるのは外聞が悪いですから。戻られた時には、入ってこられる前にお声をかけてください」

「はい」

どうして、あなたはそんな顔をしているの？

困ったような、怒ったような、詫《わ》びるような。とても複雑で、心を読み取れない表情だわ。わかるのは、喜んではいないということだけ。

すれ違う時、思わず彼の腕に触れると、ギルロード様の身体が一瞬ビクリと震えた。

「行ってきますわ」

「……ああ」

気のない返事。

視線は私ではなく、フレイア様に向いていた。

部屋を出る時、言われた通り少しだけ扉を開けておいた。

「エレイン様に、私達のことを何も話していないのね」

「言うべきことじゃないだろう」

漏れ聞こえる声はトゲトゲしく、ケンカをするのではないかと心配になり、足が止まる。

「それもそうね。あなたは知らない方が幸せだと考える人だもの」

「バジルのことで話があるのじゃないのか？」

「あるわ。とても大切な話よ。パーティの後、バジルが塞ぎ込んでしまったのよ」

「どうして？　病気か？」

「いいえ。そうじゃないわ」

けれど会話がバートン侯爵のことに移り、二人の声からトゲトゲしさが消えたので、その場を離れた。

私に席を外して欲しいと言っていたのだから、聞いてはいけないことなのだろう。

そのままキッチンへ行って、直接お茶を頼んでもよかったのだが、私はリビングへ向かった。ラソール夫人がいつもそこにいるのを知っていたので、彼女にフレイア様のことを訊いてみようと思ったのだ。

ラソール夫人からは何の説明もなかったけれど、こちらが訊けば何か答えてくれるかもしれない。

ギルロード様とフレイア様は、仲がお悪いの？　だとしたらその理由は何？

これからフレイア様と親しくするつもりなら、それをちゃんと聞いておかなくては。

「何年経《た》ってもですよ！」

突然耳に届いた、ヒステリックな女性の声。

この声は……、ラソール夫人？

私は足音を忍ばせ、声のしたリビングへ近づいた。

「あなただって、あんなに怒ってらしたじゃありませんか」

「だが今日は奥様のお客様だ」

会話の相手は、セバスチャン？

「奥様は知らないからです。あの女がどんなに酷い女か」

私の客の女性……。フレイア様のこと？

「まさか、奥様に言うつもりじゃないだろうな？　フレイア様が旦那様の恋人だったたって。そんなことを知ったらあのお嬢さんはショックを受けるぞ？」

「言いませんよ。でも結婚の約束もしていたんですよ？　なのに旦那様が爵位を継げないからって、バートン侯爵に嫁いだんです。一緒に遠乗りに行かれたり、パーティに行かれたり、あんなにも仲睦まじくしてらしたのに。フレイア様に捨てられた後の旦那様は、可哀想で見ていられませんでしたわ」

……え？

「似合いのご夫婦になると思ってたんだがね」

「ならなくてよかったんです。あんなに派手になられて。贅沢がしたかったんでしょうね。エレイン様の方がずっとお似合いだわ。それより、何で今更何も知らない奥様を通じて会いに来たんでしょう。まさか、旦那様が侯爵になったからヨリを戻そうとしてるんじゃないでしょうね」

「バートン侯爵と結婚しているのに？」

「お子様がいないから、離縁されるかもしれません。それで旦那様と再婚したいのかも。今の旦那様に嫁げば侯爵夫人のままでいられますからね」

耳の奥に、心臓の鼓動が響いていた。

急に息がしづらくなって、目眩《めまい》がした。

フレイア様が、ギルロード様の昔の恋人？　結婚の約束をしてらした？

真っすぐに立っていられなくて、壁に手をつきながら震える足でその場を離れる。

フレイア様はギルロード様のかつての恋人だった。さっきフレイア様が口にしていたのは、ご自分のことだったの？

だから二人はぎこちなかったの？　だからギルロード様は、私がフレイア様と親しくすることも、彼女がここへ来ることも歓迎しなかったの？

私は手近な部屋へ滑り込むと、目についた椅子に腰を下ろして頭を整理した。

ラソール夫人とセバスチャンがお芝居をするとは考えられない。私が聞いているかどうかもわからないのだから。

ということは今聞いた会話は真実を告げているのだろう。

フレイア様とギルロード様はかつて恋人だったのだ。

そしてお二人は別れた。

ラソール夫人の言葉から推測すると、ギルロード様のお兄様がご存命中に。お兄様がいらっしゃるから、ギルロード様は侯爵にはなれず、フレイア様はバートン侯爵と結婚した。……と、ラソール夫人は考えている。

フレイア様のことを誰も教えてくれなかったと思ったけれど、考えてみればそれはあちこちにちりばめられていたのかも。

ギルロード様が貴族の女性は地位や富を選ぶというようなことを言ったのは、彼女が何も持たない自分ではなくバートン侯爵を選んだから。

女性を信じられないというようなことも言っていた。

そうだわ、私が乗馬を始めた時、調教師が『あの方』と言っていたのは、フレイア様のことだったのかも、さっきの話では二人で遠乗りに行っていたそうだし。

バートン侯爵家のパーティに出ると言った途端、ラソール夫人が張り切っていたり、負けてはいけないなどと言いだしたのも彼女を意識してのこと。

ああ、ヨセフとのことを誤解された時、『またかと思った』と言っていたのも、フレイア様のことを思い出していたのかも。

でも……。

全ては終わったことだわ。

そうよ。ギルロード様は私より年上なのだから、恋の一つや二つしたこともあるでしょう。私なんかとは違って、多くの人と出会う機会のある方なのだから。

先日お会いしたフレイア様とバートン侯爵はお似合いだった。

さっき、突然フレイア様が過去の女性のことを口にしたのは、この事実を私に告げても私がショックを受けないように、ということだったのかも。

誰も教えないから私が教える、というのはそのことだったのだわ。

親切で言うのだと言っていたじゃない。

私は気を取り直して深呼吸した。

落ち着くのよ、エレイン。知らなかったことを知っただけで、ギルロード様がいなくなってしまったわけではない。

私達はこれからちゃんと互いを理解し、愛し合い、信じ合える夫婦になろうと言ってもらったじゃない。

ようやく平常心を取り戻し、椅子から立ち上がる。

もう目眩を感じることはなかった。

ドアを開け、廊下に出てから「ラソール夫人、どこにいるの？」と声を上げながらリビングへ向かう。

「どうなさいました、奥様」

ラソール夫人はすぐに中から姿を見せ、珍しく小走りに駆け寄ってきた。

「ギルロード様も同席なさることにしたから、彼の分のお茶もお願い」

「旦那様もですか？」

「ええ」

笑顔は女性の武器ね。

私が微笑んで頷くと、ラソール夫人は何も言わなかった。彼女の中にある心配を私には悟らせないためだろう。

笑みを絶やさず彼女から離れてティールームへ戻る。

ドアは、私が開けたままだった。

「戻りましたわ」

入る前に声をかけて欲しいと言われたので、外から声をかけてドアを開ける。

けれど、私は中には入れなかった。目に飛び込んできた光景に、足が止まってしまったから。

部屋の中、椅子に座ったフレイア様と向かい合うように椅子のこちら側に立っているギルロード様が見えるはずだった。

けれど実際見たのは、二人が抱き合ってキスしている姿だった。

ギルロード様は私が座っていた椅子の後ろにではなく窓辺に立っていた。そしてその身体に隠れるように椅子に座っていたはずのフレイア様がいた。

キスしていなかったのかもしれない。でもその密着度はキスしていたように見えた。

「戻るのが早いわ、エレイン様」

悪びれず、フレイア様が彼から離れる。

「実はね、私とギルロードは昔愛し合っていたの。恋人だったのよ」

また、心臓の音が大きくなる。

手に、嫌な汗が滲む。

消し去った疑惑が、頭の中で一気に広がる。

「彼は私のものだったのよ。だから、返してもらうわ」

言葉が、喉《のど》の奥に引っ掛かったまま出てこない。

「離婚して、というのじゃないの。私だって今は結婚しているのだし。あなたは侯爵夫人として、普段は彼に愛されていればいいわ。ただ時々彼を返してくれればいいの。そうしたら、私はあなたのために色々としてあげる。社交界でも後ろ盾になってあげるし、色んな人に紹介もしてあげる。ドレスや宝石も贈ってさしあげるわ」

何故、ギルロード様は彼女の言葉を遮ってくれないのだろう。

どうして彼女にこんなことを言わせたままなのだろう。

私に視線を合わせてくれず、背を向けようとするのだろう。

「それじゃ、行きましょうギルロード。久々に二人で庭を歩きたいわ」

彼女が庭へ通じる窓の把手《とって》に手をかける。

「……いやです」

ギルロード様を連れていってしまうと思った瞬間、気持ちが絞り出された。

「いやです。ギルロード様は私の夫です」

拳を握り、真っすぐにフレイア様を見る。

「私の恋人よ」

「それは過去のお話です。ギルロード様は私と結婚したんです」

「未だに『様』を付けて呼ぶほど遠い存在なのに？　あなたは子供で、彼を王子様か何かのように思ってるだけじゃないの？　ギルロードは普通の男で、あなたみたいなお子様じゃ満足できないのよ？」

「彼は王子様じゃありません。そんなことは知っています。それに、私は侯爵夫人の地位なんか欲しくありません。あなたの庇護《ひご》も、ドレスや宝石もいりません。ギルロード様の妻であればいいんです。私は彼を愛してるのですから」

「でもギルロードは私と来るわ」

ギルロード様が、やっと私を振り向いた。

目が合った瞬間に、涙が零れる。

「……行かないで」

身体が勝手に動いて、彼に駆け寄る。

行かないで。

他の人を選ばないで。

今はまだ私を愛していなくてもいい。でもこれから愛し合い、信じ合える夫婦になろうと言ってくれた言葉を嘘にしないで。

「あ」

泣きながら走ったせいでドレスの裾が足に絡まり、前のめりに倒れる。

「エレイン！」

大きな腕が、倒れかかった私の身体を受け止める。

「いや……。何でもするから行かないで……。本当に好きなんです……。あなたを愛してるんです……」

涙で、彼の表情がよく見えない。

あなたはどんな顔をしているの？　やっぱりフレイア様を愛しているの？　私を『好き』でいながら、フレイア様との『愛』を蘇らせるの？

私への気持ちは『愛』に届かなかったの？

抱きとめてくれた彼にしがみつき、言葉なく訴える。

「女の顔だわ」

その時、頭の上からフレイア様の声が耳に届いた。

「どこが子供なのよ。保護者や憧れの王子様を失うことを恐れるなら、ただおろおろとするだけでしょう。どういうことなのか、あなたに問いただすでしょう。その涙は、ただ愛する人を失いたくない女の涙よ」

「だが……」

「あなたはいつもそう。あの頃、バジルに求婚されたことをあなたに話したのは、あなたに引き留めて欲しかったからだったわ。でもあなたはいい話だと言っただけだった。そう言われたら、私も侯爵夫人になれるのだから喜んでると言うしかなかった。私もあなたも、エレイン様のように愛を引き留める努力をしなかった」

フレイア様の声は、先程までの挑戦的なものとは違っていた。

諦めたような、静かな声だ。

「あの時、私達は終わった。全身であなたを求めるエレイン様をあなたはいつまで放っておくつもり？　『いい大人』を気取ったせいで、バジルはまた後悔に塞ぎ込んでしまったわ。せっかくあなたが結婚して、私を取り上げたことを後悔しなくて済むと安堵していたのに。まだ夫婦にはなっていないなんて言うから、自分の為に無理に結婚させたのではと思ってしまった」

私を包む大きな手とは違う、優しい手が濡れた頬にハンカチを押し当てる。

「ごめんなさいね、エレイン様。今のは全部嘘よ」

「……フレイア様？」

ハンカチが涙を拭うと、美しい笑顔が私を迎えた。

「私達がかつて恋人だったのは本当だけれど、それはもう過去の話。私はバジルを愛しているわ。今は、自分を抑えて、勝手に私の幸せを考えるギルロードより素直に私への愛を示してくれるバジルの方が好き」

「でも……、キスを……」

「してないわ。抱き合ってただけ。この人はね、あなたを好きだけれどあなたがまだ子供だから夫婦にはなれないって私の夫に言ったのよ」

「……結婚、していますわ」

「そう答えてしまうところが、子供だと思ったのでしょうね。でもあなたは無知なだけ。教えてくれる人がいなかっただけで、心はもう立派な女性だわ。あなたに嫌われたくないくらい好きだから、ギルロードはあなたに『したいこと』をできない。でもエレイン様は何をされてもギルロードが好きよね？」

微笑まれて、私は大きく頷いた。

「好きです。どんなことをされても」

「さあ、ギルロード。女性にここまで言わせて、あなたはまだ『いい大人』でいるつもり？　あなたがお行儀よくしている間、魅力的なエレイン様が他の男に言い寄られないと思ってるの？」

「フレイア」

「私はお茶をいただいたら帰るわ。バジルに、あなた達は心から『愛し合っていた』と伝えていいわね？」

彼にしがみついていた身体が、ふわりと浮き上がる。

「いいとも、そう伝えてくれ。君達の結婚にも、心から祝福を贈れるようになったと」

「いいお返事だこと」

フレイア様がそこにいるのに、ギルロード様は抱き上げた私にキスをした。

長いキスを。

「これは……？」

「あら、ラソール夫人。ギルロードはお茶がいらないそうよ」

会話で、ラソール夫人がお茶を持ってきたことを知っても、続くキスが夫人の姿を見せてはくれなかった。

「これから夫婦で話し合いをするみたい。それとも、今から本当の初夜を迎えるのかも。他の者にも、二人の邪魔をしないように伝えておいた方がいいわ。説明なら私がしてあげるから、そこへお座りなさいな」

唇が離れ、ギルロード様はラソール夫人に命じた。

「バートン侯爵夫人の言う通りだ。彼女に充分なもてなしを」

力強い彼の言葉に、夫人は戸惑いながら「はい」と返事をした。

「さよなら、エレイン様。楽しいお話は、今度遊びに来た時にしましょう。あなたも、幼さを言い訳にしないで、もっと要求を口になさい。さっきのように」

抱き上げられたまま部屋から連れ出される私を、フレイア様はそう言って送り出してくださった。

明るい声で。

自分の足で歩けますと何度も言ったのに、ギルロード様は私を下ろしてくれなかった。

やっと下ろしてもらったのは、私達の寝室、ベッドの上だった。

「ここならば、誰も入ってこないからね」

ギルロード様は一度私を置いて出て行き、タオルを持って戻った。

差し出され、困惑すると、「ハンカチより顔を拭《ふ》きやすいだろう?」と言われた。

「いっぱい泣いてたから、よく拭けるものの方がいいかと思ったんだが、ハンカチの方がよかったか?」

「いいえ。あなたが私のために持ってきてくれたものですもの。これがいいです」

受け取って、顔を拭く。

その隣に腰を下ろし、彼はゆっくりと語り始めた。

「どこから言うべきかな……。まずは彼女とのことを黙っていて悪かった。言う必要はないと思っていたから」

「お二人が、昔恋人だったこととですか?」

「そう。兄が爵位を継ぎ、結婚するまでだね。兄が結婚した時、万が一のスペアとしての私は必要なくなった。子供ができると思っていたから。その時に、兄の友人として遊びに来ていたバートン侯爵が、フレイアを見初めて、正式に結婚を申し出た。……まあどうでもいいことか」

「いいえ、全部話してください。全部知りたいです」

私が求めると、彼はその続きを話してくれた。

バートン侯爵は公明正大な方で、そのことをギルロード様にも伝えた。

フレイアが断れば諦めよう、だが受け入れてくれれば、きちんと結婚したいと。

自分は爵位を継げず、兄が結婚した今、万が一の候補としても必要はない。フレイアにとってどちらがよい結婚相手であるかは一目瞭然《いちもくりょうぜん》だった。

「さっき彼女が言った通り、私は勝手に彼女にとってはバートン侯爵との結婚の方が幸せだと判断した。なのに、心のどこかで、彼女が縁談を断って自分を選んでくれればと思ってもいた」

けれどそれを口にはせず、フレイア様に『いい縁談でよかった』と言ってしまったのだ。そして彼女は『侯爵夫人になれば贅沢もできるし、嬉しいわ』と返した。

その言葉が、爵位の継承から外れたギルロード様の胸を抉《えぐ》るとも知らず。

「若かったんだな。ああ、やっぱりそうか。爵位と金を取るのかと落ち込んだ。さっき少し聞かされたが、正式な縁談として申し込まれ、親から侯爵を選ぶようにと言われていたらしい。彼女の方も逃げ道がなくて、私に連れて逃げて欲しいと思っていたそうだ。そうしてくれなかった私に、それほど愛されていなかったのかと失望したそうだ」

「愛し合っていたのに、別れてしまったのですね？　まだお二人の間には愛が……あるのですか？」

訊きながら持っていたタオルをギュッと握り締める。

「その時にはあったかもしれない。だが私はヨセフより弱かった。人生を諦め、彼女の手を離した。結末を彼女のせいにして。私は彼女が爵位を選んだと憎み、彼女は私の優柔不断さを憎み、全ては終わった」

「でもそうではなかったのでしょう？　お互い相手のためを思って身を引いたのでは？」

彼は笑って私の髪を撫でた。

「君の考えはいつも優しい。けれど当時の私達には相手のことを考える余裕もなかった。別れの悲しみを、相手を憎むことで乗り越えようとするので精一杯だった。今になれば、相手の優しさや悩みにも気づけるけどね。とにかく、そういうわけで、私は女性というものを信用できなくなった。いつかまた、簡単に他の男を選ぶのではないかと」

「フレイア様以外の方とはお付き合いなさらなかったのですか？」

彼は一瞬言い澱み、「結婚を考えた相手はいなかったな」と答えた。

「兄が亡くなり、子供がいなかったせいで私に爵位が回ってきた時、今まで何も言ってこなかった親戚や知り合いが結婚の話を持ってきた時も、うんざりだった。爵位という肩書がついた途端これか、と。マール伯爵が君の話を持ってきた時には、誰と結婚してもいいのなら人助けをした方がマシかもしれない。周囲が出した条件には適っていたし、最初からそういうことを望んでる女性だとわかっていれば失望もないだろうと思った」

「そういうこと？」

「爵位と財産と、今の自分の状況から逃れたいと思っている、ということ。わかっていれば自分は傷つかないと思っていた。だがやってきたのは、そんなことにまで考えの及ばない幼い娘だった」

『幼い』と言われ、胸が締め付けられる。

この方はやはり私を子供だと思っていたのだわ。

「エレインは、私にとって女性というより子供だった」

はっきり言われ、更に胸が苦しくなる。

「だから、側にいて楽しかった。エレインの身の上を詳しく聞いて、余計に好きになった。君は、誰かのために働こうとして、贅沢を好まず、自分でできることは自分でしたいと考えるような娘だったから。侯爵夫人になっても庭いじりをし、何かをねだることもなく、着飾ることにも興味がない。フレイアが贅沢を選んだと思ったのは、彼女が美しく装うのが好きだったからだ。でも君にはその部分がなかった。契約のように結婚したのに、私に真摯《しんし》に尽くしてくれて、愛情を向けてくれた。それならば、私はこの娘を幸せにしてやろう。今あるがままに大人の女性となれば、私は君を愛せるかも知れないと思った」

でもそれは恋愛ではないわ。

親子や兄妹のような感情だわ。

「それが変わったのは、ヨセフの一件だ。まだ幼い娘を甘やかして育てているだけだと思っていたのに、君は男を愛せるほど大人だったのかと気づかされた。と、同時に、『またか』と思った。どんなに純真であっても、愛する女性はまた私から離れてゆくのか、と。行かせたくないと思った時、自分が思っているよりも君を好きになっていたことを知った」

「あの時も、おっしゃってくださいましたわ」

「ああ。だがあの時に言わなかったことがある」

「言わなかったこと？」

「あの時に、私は君を女性として意識した、ということだ」

彼の手がタオルを取り上げ、もう一度軽く顔を拭いてからサイドテーブルへ投げた。

タオルは上手くテーブルの上に載った。

「他の男が愛せるのなら、何故私が愛してはいけない。そう思って怒りに任せて君にキスした。……だがそれは誤解だった。君はやはり少女の清らかさのまま、姉のために尽力していたに過ぎなかった」

「私……、子供ではありませんわ」

「私にはそう見えていた、という話だよ。だから君に強引にキスしたことを後悔した。まだ君を『女性』として扱うのは先だと反省した。でも心の中に生まれた、君を求める

『男』の気持ちは消えなかった」

　そこで彼は長いため息をついた。

「自分が思っているよりも、私はまだ若いのかもね。一緒にベッドに入るのが怖くなって、いつも先に君を眠らせた」

「どうして怖いのですか？」

　と問いかけると、彼は複雑な顔で笑った。

　あの、皺のできる笑顔だ。

「まあそのことは後で説明しよう。バートン侯爵、……バジルからの招待状をもらった時には、もう私の心は君のものだったから、バジルに会ってもいいかと思った。私には君がいるから、バジルとフレイアの結婚を祝福できると思って、招待を受けた」

「でも、悩んでらっしゃるようでしたわ？」

「うん、悩んでいた。今更二人にどんな顔をして会ったらいいのかわからなくてね。私達は彼等の婚約が調ってから一度も会っていなかったんだ」

「お兄様のお葬式の時も？」

「葬式の時は私はとても忙しかったからね。バジルは、私からフレイアを取り上げたことを後悔していたらしい。フレイアを愛してはいたが、私のことも弟のように好きだったから。私が結婚したと聞いて、ようやく安堵し、彼も私を祝福しようとパーティに招待してくれた」

「パーティの時には、お二人はとても親しそうでしたわ」

「だが、君がフレイアに連れていかれた時、バジルは私にしつこく君とのことを聞いてきた。どこが好きなのかとか、夜の生活はどうかとか」

「夜の生活？」

「……それも後で話そう。バジルは気のいい男だが、ちょっと押しが強くてね。それでつい、エレインはまだ子供だから、私達に夫婦関係はないと言ってしまったんだ」

「結婚して、私達は夫婦になっているのに、ですか？」

ギルロード様が苦笑する。

どうやらこの疑問も『後で』のようらしい。

「フレイアが言うには、それでまたバジルが落ち込んでしまったようだ。やっぱり意に添わぬ結婚だったのではないか、だとしたらそれをさせたのは自分だ、と。さっき、私とフレイアの間にまだ愛があるかと訊いたが、それはもうとっくになくなっているのだろう。彼女は自分の夫を苦しめるなと言いに来たのだ。自分勝手にエレインを子供扱いして、自分勝手に我慢して、エレインが嫌だと言ったのか、と言われた。私がエレインはまだ幼いというと、だったら見てみるといい、彼女はもう立派に大人の女性だと言ってさっきの芝居を強制された」

「あのお芝居で、どうして私が大人の女性かどうかがわかるのですか？」

「君にも、嫉妬《しっと》があると言いたかったのだろう。そして私を失ったり、他の女性に取られることを許せないと思うほどの愛情があるとも示したかったのだ。……フレイアの言う通りだった。君は毅然《きぜん》とフレイアを拒み、私を求めてくれた」

彼の手が、また私の髪を撫でる。

けれど今度はそのまま頰へ移り、そこに留まった。

「君の涙を見た時、あんな芝居に乗ったことを後悔した」

額にされるキス。

「君を泣かせたくはなかった。心から謝罪するよ」

頰にもキス。

「『いい大人』としての我慢など、必要はなかったこともわかった」

最後に、唇への軽いキス。

「君の一連の疑問に答えてあげよう。エレインと一緒に眠るのが怖かったのは、まだ子供だと思っている君を女性として求めてしまいそうだったからだ。夜の生活というのは、ベッドの中で君を抱くということだ。そしてそれは、君が知っているものとは違うので、怖がられたり悲しまれたりして、嫌われたくなかったんだ」

「私、ギルロード様を怖がったり嫌ったりしません」

「それを信じよう。私が『いい大人』の仮面を取って、君を愛するただの『男』になっても、君は私から逃げたりしない、と」

私を愛してくださるのなら、喜びこそすれ嫌うわけはないのに。

「では最後の疑問の答えだ。『結婚はしたけれど私達はまだ夫婦ではない』の意味を教えよう」

見たことのない笑みを浮かべ、上着を脱いだ。

穏やかでも、優しくもなく、諦めたり、取り繕ったりするのでもない。

とても攻撃的な、悪巧みをしているような笑み。

「私達はまだ初夜を終えていないからだ。そしてこれから、その続きをするんだよ」

男の人に言うのはおかしいかもしれないけれど、とても色気のある笑みだった。

初夜の続き、と言われて、されることに想像はついた。

でも実際はあの夜とは少し違っていた。

初めての夜、彼は私の服を脱がすまでご自分の服を脱ぐことはなかったが、今日は私をベッドへ押し倒すとすぐにシャツを脱いだ。

逞しい身体を間近で見るのは二度目ということになるが、やはり慣れなくてドキドキする。

私に自分で服を脱ぐかと訊くこともなく、ドレスに手をかける。

手際よくドレスを脱がしてゆくのは同じだけれど、私の様子を窺うこともなく、言葉もない。

まるで焦っているように。

フレイア様を迎えるために装っていたドレスは、すぐにベッドの下へ落とされた。

アンダードレスは、初夜の時のように凝ったものではなかった。こちらへ来てから整えてもらったものだから見窄《みすぼ》らしいということはないが、飾りは少なく、あの夜よりも簡単に脱ぎ着できるものだ。

ギルロード様はそれに手をかけた。

襟元が開き、胸の膨らみが半分ほど見えてしまう。

「あの時……」

それを見て、やっと彼が口を開いた。

「君は何も知らなかった。男の裸すら見たことがなかったのではないかという顔をしていた。その身体も、男に触れさせたことがないのは一目瞭然で、眩《まぶ》しいほどだった」

語る顔からは、まだあの攻撃的な笑みが消えていない。

「こんな子供を抱くのかと思うと、罪悪感さえあった」

手が、開いた隙間《すきま》から胸元に滑り込む。

「あ……」

指先が、そっと胸を弄った。

それだけで声が漏れる。

「あの時は、義務で君に触れた。結婚したのだから床入りはしなくてはならないという義務だ」

指先は微妙な動きで、私の胸の先だけを弄《もてあそ》ぶ。

されていることはささやかな刺激なのに、感覚は全身に広がってゆく。

身体の内側がうずうずとして、あちこちがビクビクと震える。

「愛はなかった。だから、ことに至っても我慢ができた。自分がガッついた若者ではなくてよかったと思った。強引に進めて、この娘を泣かすことなく済みそうだと」

その言葉は確かに言っていた。

蕾みを散らさずに済むとか何とか……。

「でも今日は愛がある。君の肌に触れ、君の乱れる姿を見て、我慢などできない」

「あ……！」

手は動きを止め、僅かに開いただけだった胸元を完全に開いた。

二つの膨らみは今や完全に彼の目に晒《さら》されている。

恥ずかしくて、恥ずかしくて、すぐに手で覆ってしまいたかったが、それより先に彼の顔がそこに下りてきた。

「ん……っ」

片方の胸を口に含み、もう一方を手で弄る。

「あ……」

快感が生まれ、身体が溶けてしまいそう。

あんなに大きな手なのに、指先は繊細に私を愛撫《あいぶ》する。

その快感に耐えるために、私はあの時と同じようにベッドカバーを握り締めた。

ああ、そうだわ。あの時は彼は布団を捲り、私をシーツの上に横たえた。でも今日はベッドのカバーすら捲っていない。

シーツより硬い布は、私が身悶《みもだ》える度に皺を作り、あちこちにたるみを生む。それが凹凸となって背中に当たるけれど、そんなことは気にならなかった。

彼の言葉を聞くために、指が与える快感で消えそうになる意識を必死に繋ぎとめなければならなかったから。

「脚を開いて欲しいと言ったのを覚えているかい？」

胸を含みながら喋らないで。

その響きすら刺激になってしまう。

「女性の脚の奥にはね、男性を受け入れる場所があるんだ」

「……繋がる……と……、フレイア様が……」

「教えてもらった？　そうだ。君は私と繋がるんだ。普通は輿入れの前に母親か乳母がそれを教えるのだが、君はそれを知らなかった。だからあの時はそれを我慢していた。だが今日は君が欲しい」

「私……脚を開くのですか？」

「そうだ」

言われて、まだ残されているアンダードレスのスカートの中でおずおずと脚を開く。

彼は薄布の上から私の脚を撫で、そのままスカートをたくしあげた。

「あ……。待って……」

「恥ずかしくても、私には全て見せるんだ」

「でもそんなところ……」

「全部、だ」

脚の間に彼が膝を入れる。

「もっと開いて」

戸惑っていると、膝が強引に私の脚を動かす。

反射的に閉じようとしたが、既に彼の身体がそこにあった。

大きな彼の身体を挟むから、脚は大きく開く。

ただ開いただけなのに、スカートの最奥《さいおう》が心もとなくヒクついた。

「皆さん……、こうするのですか？」

「そうだよ。夫婦ならばね」

それならば仕方ないわ。

受け入れようと思ったのに、手がスカートの中を上ってくるから抵抗してしまった。

「いけません、そんなところ」

慌てて彼の手を押さえたのだが、彼は私の手を取ってその甲を舐めた。

キスしたのではない、舌で濡らしたのだ。

「……っひ」

慣れぬ感覚に変な声を上げる。

「君は子供じゃない。だからちゃんと見なさい。私が君を求めている証拠を」

手を放し、身体を起こすと、彼はズボンの前を開いた。

思わず目を逸らすと、彼は再び私の手を取ってソレに触れさせた。

「……う」

熱く硬い感触。

表面は柔らかく滑らかなのに芯を感じる。

一瞬だけ目に入った肉塊だ。

「これが君の中に入るモノだ」

「わ……たしの中に……？」

手を離したい。でも押さえられて逃げられない。

肉塊は私の手の中で動いているようにも感じた。

「そうだ。そうして繋がって初めて夫婦となる」

そんなものをどこに受け入れろというのだろう？

でも受け入れなければ夫婦にはなれない。

「エレイン。先に言っておく」

彼は捕らえていた私の手を離してくれた。

失礼かもしれないけれど、私は慌てて手を引っ込めて身を硬くした。

「今からは、君が何を言っても聞いてあげられない。私にはもう『大人の分別』はないのだ。君が泣くのなら、泣かせてみたい。綺麗事はもう言えない」

手が、脚を這い上る。

でもそちらを向くと彼のモノが目に入るから目を向けられない。

「私はね、君に欲情してるんだ」

膝を越えて、太股《ふともも》を摩《さす》り、更に奥へ。

流石《さすが》に困って彼を見ると、あの笑みがあった。

悪巧みの笑み。

いいえ、戦って勝利した者の笑みだわ。

勝ち誇った笑みだわ。

「ギルロード様……、だめ……」

「この奥に、私を受け入れる場所がある」

「そんなもの……、ありません……」

「あるとも、ここだ」

指が、下生えに触れた。

「あっ……！」

柔らかな毛をかき分けて、触れてくる。

「や……っ」

割れた肉の間の小さな突起に触れる。

ゾクゾクッとした快感が頭の先まで抜けてゆく。

「……ひっ……あっ」

背が反り返り、何かがとろりと溢れた。

指は暫くそこを弄った後、更に奥へ進んだ。

自分でも触れたことのない場所へ。

「よかった。濡れているね。これならイケそうだ」

もう、彼の言葉の意味を理解する頭はなかった。

いいえ、あったとしても私にはわからなかった。

何が濡れているのか、何がイケるのか。

意識は彼の指の動きだけに集中していた。

「あ……、いや……」

触れる。

触れてくる。

そこに何があるのか知っているように。

指はいつしか濡れたものを纏い、それが私から溢れたものなのだと察した。

「あぁ……ッ」

ゆっくりと、指が私の中に差し込まれる。

そこに穴があることを、私は初めて知った。

「いや……っ」

長い彼の指がすっぽりと入ってしまうほど深い穴が、あるのだ。

指は、そこに収まると、くねくねと動き始めた。

「あ……、あ……っ。嫌……、変な……」

「何を言っても止めないよ」

「でも……」

彼がまた身体を重ね、唇が私の首を、肩を、胸を濡らす。

その間も指は動き続ける。

頭が真っ白になった。

ただ感覚だけが私の身体を動かしていた。

彼の与える快感に反応する、それだけが私の動く理由。

ベッドカバーを摑んでいた手も離れた。

脚も閉じることはできず、彼の思うがまま大きく開かされた。

纏っていたアンダードレスは、今や身体に引っ掛かっているだけの布。

裸を見られるのは恥ずかしいのに、快楽に溺れて身悶える姿を見られるのも、喘ぎ声を上げるのも恥ずかしいのに、何もできない。

「あ……、あ……っ」

そしてそれはやってきた。

彼の指を受け入れたまま、私は快感の絶頂を迎えた。

ビクビクと痙攣《けいれん》する身体から指が引き抜かれる。

これで終わりかと思うと、力が抜けた。

けれど彼は再び身体を起こし、ぐったりとした私の脚を取ると今までよりももっと大きく広げさせた。

「ギルロード様……？」

もう抗う力など残っていない。

「まだだよ、エレイン」

彼が近づく。

右手は、私の脚を捕らえ、掲げていた。

左の手は、もう一方の脚を押さえていた。

でも、さっき指を入れられた場所に何かが当たる。

「今度は私自身を受け入れてくれ」

繋がる、と彼は言った。

フレイア様も言った。

当たっているものが何であるか察した時、私にもその意味がわかった。

指の入ったところには、彼を受け入れる場所があるのだ。

彼のあの肉塊が、あそこに収まるのだ。

理解した瞬間、背中を痺れるものが駆け抜けた。

「そうしたら……、私はあなたの妻ですか……？」

ギルロード様は頷いた。

「私の最愛の妻だ」

指ですら抵抗があったのに、あんな大きなものが入るとは思えなかった。

でも彼が言うから、きっと大丈夫なのだわ。

「それなら嬉しいです……」

「君は、無自覚に可愛いな」

口元に皺を作って彼が笑う。

緑の目が、一瞬だけ妖《あや》しく光る。

「ん……っ」

当たっていたものが、強く押し込まれる。

「力を抜いて」

と言われても、できるはずがなかった。

彼が近づく度に、肉塊は私の中に入り込み、無意識に力が入ってしまう。

「ギル……」

彼を捕らえたまま、そこが動く。

「あ……」

手が、私の身体を愛撫する。

「ひ……ぁ……っ」

一旦身を引き、また深く入る。

そんな動きを繰り返しながら奥へ。

もっと奥へ。

息ができなくて目眩がする。

苦しい。

でもその苦しみの向こうに何かがあった。

私の身体の中に、行為を悦《よろこ》ぶ何かがあるように。

「ギルロードさ……」

手を伸ばし、目の前にある彼の身体にしがみつく。

硬い身体は熱く、隆起した筋肉が動きに合わせて形を変える。

息ができなくて苦しいのに、キスで唇が塞がれ、もっと苦しくなる。

目眩は酷くなり、まるでぐるぐると振り回されているよう。どちらが上でどちらが下かもわからなくなってくる。

「エレイン……。君を愛している」

耳元で声がした。

甘く切ない声だった。

「君が私の妻になってくれて、幸せだ。私に嫁いでくれてありがとう」

声の優しさとは逆に、彼が大きく動く。

「ア……ッ！」

入り口でもたついていた『彼』が一気に私の中に打ち込まれた。

突き上げるように私の身体を揺らす。

「い……ッ！」

外からやってきたものは、私の一部となり、内側を貪《むさぼ》った。

ああそうだわ、彼のあの笑みにぴったりの言葉があったわ。

あの、悪巧みのような、勝ち誇ったような顔は、獣のようだった。私というウサギを食らい尽くす狼《おおかみ》の目だった。

今、私は彼に食べられているのだわ。

髪も、手も、胸も。身体も、心も。

全てがギルロード様に食べられてゆく。

内側からも、外側からも。

食らい尽くされ、私とあなたは一つになる。

「ギルロード様……」

私はとても幸せ。

あなたに嫁いできて、あなたに愛されて、あなたに貪られて。

まだ知らないことは多いけれど、これだけはわかっている。

私はあなたに妻として受け入れてもらえた。これからはずっと私達は一緒にいられる。

私達は、愛し合っている。

震える手を、彼の肩に回した。

強く抱き着いて、彼の目を見た。

「繋がれて……嬉しい……」

ギルロード様は微笑んでまた私に口付けた。

「では、まだ終わりにできないな……」

子供のように嬉しそうな笑みを浮かべて……。


その日。私はベッドから出ることができなかった。

夕食はギルロード様が運んできてくれて、二人で摂《と》った。

とても幸せだったが、私の幸せはそれだけでは終わらなかった。

翌日、お姉様からの手紙が届いたのだ。

そこには、二人だけで式を挙げたと書かれていた。

喜んでギルロード様に手紙を見せると、今度ドレスを持って館を訪ねようと言ってくださった。

「互いが愛し合っていれば二人だけの結婚式も悪くはないだろうが、祝福してくれる者がいれば、もっと嬉しいだろう。ついでに、私達の味気無い結婚式もやり直そう」

「私、家から持ってきたお母様の家具をお姉様にさしあげたいんですけれど、館にはそれを置く場所がありますか？」

「なければ建て増しさせるさ」

「そんな贅沢な」

「君の姉上なら、私の義姉でもある。それぐらいは結婚祝いにいいだろう。ヨセフの仕事ぶりも確認したいし、なるべく早いうちに訪ねると返事を書くといい」

「はい」

私は、侯爵の奥様らしくなる勉強をしなくてもいいと言われた。

そんな時間があるなら、一緒に過ごす時間を作ろうと。

それもまた幸せな言葉だった。

「約束通り、君とあちこち回りたい」

「でも勉強は必要だと思います」

「では、私が仕事でいない時にしなさい。私は可愛い花嫁を片時も離したくないのだ」

私を妻として扱うと決めてから、ギルロード様は今まで以上に私を甘やかすことに決めたらしい。

すぐに私を抱き寄せ、キスしてくれるのも今までとは違う。

私はまだその甘さに慣れることができなくて、キスされる度に顔を赤くした。

それがおもしろいのか、またキスされる。

そんな私達の姿を、ラソール夫人は満足そうに見つめていた。

そして一週間後。

フレイア様が再び我が家を訪れた。

今度はご主人のバートン侯爵と共に。

侯爵は馬車から降りると、出迎えに出たギルロード様に真っすぐ駆け寄り、強く抱き合った。

「再びこの屋敷に招かれてとても嬉しいよ、ギルロード」

「私も、来てくれて嬉しい。これからはいつでも遊びにきてくれ」

「そうさせてもらうよ。フレイアも、君の奥方と友人になったらしいしな。フレイアから聞いたが、ちゃんと愛し合って結婚したんだろう？」

「もちろんだ。今度は、誰かが譲れと言っても譲るつもりはない。バジルが私とエレインが出会うきっかけをくれたのだと思っている」

後から馬車を降りてきたフレイア様は、私の隣に立って彼等を見ていた。

「失礼しちゃうわね。まるでいらないものをバジルに押し付けたみたいに」

今日のフレイア様はゆったりとした青いドレスをお召しになっていた。

派手なドレスもお似合いだったけれど、こういうのもお似合いだわ。

「きっと、バートン侯爵が気に病まないようにおっしゃってるんですわ」

「どうかしら？　本当にもう私のことなど忘れてるんじゃない？　あなたに夢中で」

そう言われると返す言葉がない。

「『繋がる』の意味はわかった？」

「はい」

「感想は？」

「え……？」

「愛されるって、素敵でしょう？」

彼女はにっこりと笑った。

「私もそう。優しいだけの男よりも全力で愛してくれるバジルを選んでよかったと思うくらいに。昔の男のことなど忘れたわ」

その言葉が私のためのものだというのがわかったので、私は彼女に微笑み返した。

「バジル！　いつまで外でそうやっているつもり？　早く中に入りましょう」

彼女が声をかけると、バートン侯爵は慌てて駆け寄ってきた。

「ああすまない。大丈夫か？　寒くないか？」

「平気よ、病人みたいに扱わないでって言ったでしょう」

「しかしフレイア、身体は大切にした方がいい」

「そう思うならさっさと中へ入って」

「ああ。セバスチャン。フレイアにたっぷりクッションを頼む。膝掛けもな」

セバスチャンはちょっと目を見張り、すぐに笑顔で頭を下げた。

「かしこまりました。おめでとうございます」

「うむ」

バートン侯爵は、フレイア様の背中に手を回し、大切そうに奥へ連れていった。

フレイア様、お加減が悪いのかしら？

心配していると、ギルロードが来て、私の肩に手をかけた。

「赤ちゃんができたらしい」

「まあ……！　それは素敵」

そうなの。

それで侯爵はフレイア様を大事に扱ったのね。セバスチャンはそれに気づいておめでとうと言ったんだわ。

「私達も早く欲しいわ」

私が言うと、彼は肩を竦めた。

「それはもう少し先でいいな」

「まあ、どうしてです?」

「まだ暫くは、君は私だけのものでいい」

頬にキスして、彼は私を屋敷の中へと誘《いざな》った。

「さあ、今日はバジルに私がどれだけ君を愛しているかを説明しなくては。父親になる彼の憂鬱《ゆううつ》を取り除くためにもね」

「では私も、ギルロード様を愛していることを伝えますわ」

「そろそろ『様』は取りなさい、エレイン。君は私の妻なのだから」

「……はい、ギルロード」

『私達』の家の中へ……。

あとがき

皆様初めまして、もしくはお久しぶりでございます。火崎勇《ひざきゆう》です。

この度は『無垢《むく》なる花嫁は二度結ばれる』をお手にとっていただき、ありがとうございます。

イラストの池上紗京《いけがみさきょう》様、素敵なイラストありがとうございます。担当のS様、色々とありがとうございました。

さて、今回のお話、いかがでしたでしょうか？

まだ小娘のエレインが、おじ様のギルロードに嫁ぐ。

エレインはギルロードに恋していたわけではないし、ギルロードもそう。でも、二人の間でゆっくりと愛情が育っていったのです。

で、きちんと『愛し合う夫婦』になれたわけですが、これからはどうでしょう？

ギルロードがフレイアと恋愛している時には、近い年齢だったこともあるし、自分は爵位を継げないことが最初からわかっていたのでちょっと引いてるところがありました。

だから別れが見えても何もしなかった。

けれど今は違います。

ギルロードはエレインに何でもしてあげられる立場で、しかももうちゃんと結婚している。愛しい人を誰かに譲らなければならないなんてことはあり得ない。

となれば、心行くまでエレインを愛してあげられるわけです。

なので、ギルロードはめちゃめちゃエレインを可愛《かわい》がることでしょう。

一応自分は大人なので我慢しなくちゃならないという自制はあるでしょうが、遠慮《えんりょ》はいらないわけです。

だからこれからは、エレインにメロメロかと。

エレインの方は恋愛というもの自体を知らないので、彼がすることはきっと夫婦なら当たり前のことなんだわ、とされるがまま。

甘い生活ですね。

時々フレイアがその話をエレインから聞いて、バカップルだと呆れるかもしれません。

彼女も今の夫とラブラブなので、負けてられないわ、と思うかも。

でも、生活が一段落して二人で王都へ向かうと、色々問題はあるかも。

ギルロードはイケメンで、王都で騎士《きし》もやってたし今は侯爵様。あんな小娘に奪われたなんてシャクだわ、と思う女性達もいるかもしれません。

またエレインも可愛らしいので、あんなオジサンより自分の方が、と考える殿方が現れるかも。

そうですね。公爵家の兄がエレイン狙い、妹がギルロード狙い、なんてトラブルが起こったりして。

妹を使ってエレインを正式に公爵家に招待して帰さない。私の妻になれ、でなければ人妻のまま浮気でもかまわないと迫る公爵。

エレインは逃げ出そうと窓から脱出するけど、見つかってしまう。そこへギルロードが馬で駆けつけ、「飛び降りなさい」と受け止める。

私の妻に対する非礼は訴えるに値する。他人の妻を寝取る算段をしている暇があるなら、ご自分の愛を探しなさいと、エレインを連れて駆け去る……、とかね？

もちろん、妹の方は、兄の計画をポロッと漏らした途端、拘束されてるでしょう。

ま、どんなトラブルがあっても、遠慮なく愛を貫くギルロードと純愛に真っすぐなエレインなら安泰です。

というわけで、そろそろお時間です。またの機会を楽しみに。御機嫌好《ごきげんよ》う。

＊本作品はフィクションであり、実在の個人・団体・事件などとは一切関係がありません。

『無垢なる花嫁は二度結ばれる』、いかがでしたか？
火崎《ひざき》 勇《ゆう》先生、イラストの池上《いけがみ》紗《さ》京《きょう》先生への、みなさまのお便りをお待ちしております。

火崎 勇先生のファンレターのあて先
〒112-8001 東京都文京区音羽2-12-21 講談社 文芸第三出版部「火崎 勇先生」係

池上紗京先生のファンレターのあて先
〒112-8001 東京都文京区音羽2-12-21 講談社 文芸第三出版部「池上紗京先生」係

N.D.C.913　246p　15cm

火崎 勇（ひざき・ゆう）
1月5日生　東京都在住
愛煙家
著作多数

講談社X文庫

white heart

無垢《むく》なる花嫁《はなよめ》は二度《にど》結《むす》ばれる

火崎《ひざき》 勇《ゆう》

●

2018年7月3日　第1刷発行

定価はカバーに表示してあります。

発行者――渡瀬昌彦
発行所――株式会社 講談社
東京都文京区音羽2-12-21 〒112-8001
電話 編集 03-5395-3507
販売 03-5395-5817
業務 03-5395-3615
本文印刷―豊国印刷株式会社
製本―――株式会社国宝社
カバー印刷―豊国印刷株式会社
本文データ制作―講談社デジタル製作
デザイン―山口 馨

ISBN978-4-06-511678-4

ホワイトハート最新刊

無垢なる花嫁は二度結ばれる

火崎 勇　絵／池上紗京

どんなことをされても、あなたが好き。伯爵令嬢・エレインは、恋人のいる姉に代わり自ら望んで年上の侯爵・ギルロードの妻となる。健気なエレインは溺愛されるが、なぜか閨での行為を教えてもらえず!?

ブライト・プリズン

学園の薔薇と秘密の恋

犬飼のの　絵／彩

教祖選を目前に、二人の絆が試される！　教団と学園を震撼させる事件の末に、常盤は最も有利な立場で教祖選に挑む。その一方で薔は或る決断を迫られ、悩みながらも剣蘭や茜と共に学園生活を送るが……。

とりかえ花嫁の冥婚

偽りの公主

貴嶋 啓　絵／すがはら竜

本当は私、公主なんかじゃないのに……。商家の娘・黎禾は死者への嫁入り（冥婚）の道中で、小間使いの橙莉と入れ替わった。ところがそこから公主に間違われ、皇太子の隆翔と兄妹になってしまうが……。

千年王国の盗賊王子

聖櫃の守護者

氷川一歩　絵／硝音あや

盗賊の次はお宝探し！　ディアモント王国の王子・マルスは、諸事情により父王から大金の返済を迫られ、苦しまぎれに宝探しを思いつく。それは宝とともに巨大湖に眠る魔導戦艦ユグドラシルの発掘で!?

ホワイトハート来月の予定（8月4日頃発売）

とりかえ花嫁の冥婚　身代わりの伴侶……………………貴嶋 啓
龍の陽炎、Dr.の朧月……………………樹生かなめ
VIP 兆候……………………高岡ミズミ
ダ・ヴィンチと僕の時間旅行　運命の刻……………………花夜光

※予定の作家、書名は変更になる場合があります。